西張東望

雷驤 ◎ 圖文

目錄　Contents

卷一：緩慢俯看

期待那在都會裡淹沒的分手戀人，
有朝一日，忽的自扶梯冉冉上升，
仰面相望而燦開一笑，恍然一時間又回到了昔日。

·

卷二：**遙遠的細節**

我卻從暖色的日影細微中，
看到年久失修的頹跡。

卷三：喜劇櫥窗

這麼想著的時候，

而對窗櫥的丑偶，

一時發生了觀看自身肖像的感覺呀。

Contents

卷一： 緩慢俯看

期待那在都會裡淹沒的分手戀人，

有朝一日，忽的自扶梯冉冉上升，

仰面相望而燦開一笑，恍然一時間又回到了昔日。

端方的女子

　　她坐落一家法國式飲茶店臨窗的一張圓檯子旁，一邊悠閒的閱讀，一邊啜飲著茶，那帶有花味的茶香飄過鄰桌的我的鼻覺來。

　　不知怎麼的，當她與侍女交換幾句話語之後——看來她是此地的常客，女子仰面的一瞬之間，我感到一種吸引，彷彿從那顏面上閱看到什麼意味深長的人生故事。

女子已不年輕，正因為這樣，我即自她和緩的臉廓線條上，閱出某種經歷——容或她在此刻並不自覺，然而臉部的表情確乎有淡淡的哀愁流露。

　　「黃昏時，親愛的，你若想及我，請勿怨恨……」曾讀過的詩評上，引了原句。

　　但我一點也不確記原句是怎麼的，大致是這個意思：一個為了什麼因由拒絕某君求愛，終而誤了嫁期的遲暮美人，在若干年後仍不時念及那段愛情。那評述者道：「聽口氣是端方的女子，為著男子的好處而婉拒了愛情，但回顧之間，隔了長久的腐朽……」大致是這樣意思。此刻我在飲茶店面對此一臨窗女子的感受正是如此呢。

一句懺悔詞

　　人究竟是怎麼樣的感知，我畢竟搞不清楚了──朋友沮喪的低下了頭。

　　那個姑娘──他斷斷續續說著不貫連的話，並不在乎我是否懂得，更不管我是否有興趣──初見時一眼便能以我的閱歷判識她的，及至發生了戀情以後，關於她的一切，竟無端的變得神祕和朦朧起來。她欣悅時的笑臉、或者怨懟時的眼神，對我都成為深不可測……──朋友的說詞漸漸具體了。

　　我錯失了許多機會呀，那時找她懇談就好了，卻一任事情演變下法……。

朋友此時忽然從一個匣中取出幾張照片 ── 大約以此喚起我的注意力。之一是在食桌上，傍鄰著朋友，側身露出一種為留影而擠出的笑臉，一個平凡的大眼睛的姑娘。

　　另外一張是姑娘站直在橋欄邊上，故意雙手雙腿併攏顯出拘謹的樣子，嘴角抿著壓制了笑。

　　他苦笑著說：經歷過短短的一陣甜蜜之後的那時候，姑娘墜入兩難的迷惘，痛苦難言，而我卻沒有開誠面對的表示。

　　那時找她懇談就好了〔──朋友還是那一句懺悔詞〕。卻任由她坐在亭子邊上，一逕猛吸著菸，眼望那其實視而不見的松林，咀嚼怨懟中，決定了她一生的報復，哎呀！

有的與無的

年輕導演對自己的婚禮有他獨特安排。

先是在發出的請柬上,附有韻律的文字說明─關於邀請／停車位／禮金收受等等,撰成鄉土而幽默的詩歌。

「辦桌」的地方商借到市內三層樓頂的露台,親自指揮手下工人,運來竹篙、洋鐵皮和布棚,搭起可開五十席的場面。

「搭景嘛,難不倒拍電影的人。」新郎自己對別人說。

我們按址尋去,通往露台的樓梯間一概刷成桃紅顏色──牆壁、階梯一片艷紅,本來仄窄的通道,變成某種神祕的直達幸福之堡。

每爬一段樓梯,便有一張大的結婚海報引導──用了奇士勞斯基的三部曲電影:《藍色情挑》、《白色情迷》、《紅色情深》的海報做基底,以電腦修飾改成當晚新娘子的倩影。

露台入口處看到年輕的導演本人，穿著黑衣白領的制式禮服露齒而笑，俊俏的神色自若，予我，更像似一種人生的扮演。

人客逐漸鼎沸，雖則是秋夜，我們已感到幾分燠熱，原來雨棚靠邊的部分垂地，封閉了空氣。據說是雙方主婚人的意思；怕賀客們喝酒興起，乘興從露台跳落街心，這也許是一般人對影藝界的印象吧。

行禮如儀之後，上菜敬酒，那行禮台立即改成舞台。曾在新郎影片中扮演過野台歌舞女郎的中年婦女，也上台獻唱，間奏的過門音樂中賣勁扭舞，然後向台下說一聲：

「老大人唱起來很喘唷！」

溫柔與邪惡

　　他領著她憤憤退出那家生意鼎盛的餐食店，因為要排隊等候叫號，他不耐煩了。

　　「這類連鎖的小酒館，開設在台北全變了樣子！」他說：「在日本旅行的時候，我十分欣賞，幾乎每晚都去泡幾個鐘點呢⋯⋯」

她知道，這使他想起什麼來，必有一番議論。

　　「妳知道，基本上它是那種讓人暫避人世緊迫的去處，叫幾壺清酒酌飲起來、佐酒的菜色不在多，名目也極樸素。

　　「那裡，妳會遇到似曾相識的面孔，或者說，相似心情的人吧……為了躲逃而進來飲幾杯，那是領悟了生之艱難的人，一個暫時敗北者的聚會之所，雖然那裡的人們並不常互相交談，但是他們了然彼此的心境。

　　「但是在台北，妳看到進出這些小酒館的是些什麼人？天真爛漫的學生；甫出社會就業的不可一世的有為青年；手上還提著大哥大，隨時準備再投入戰場的人；抽空帶著情人到這種時髦的新餐店來風光一下……

　　「再看看店裡的裝潢陳設，我敢說這一種豪華，跟源頭日本起家的精神全然相違，那是一種在你走投無路的絕境中，忽然像神仙搭救那樣，於是你抬頭看到曲巷裡邊；或是荒村路口，一家有這樣的小酒館在啦……」

　　「聽你這些話的時候，可以感覺你那一顆既細膩且溫柔的心，」女子在此打斷了他：「但是有時候，你又何以如此邪惡呢？」

空想的戀情

　　現在，男子在小郵局裡，無意間瞥見櫃台前一個伏案填寫什麼表格的姑娘，恍然間三年前的戀人形象從腦際浮凸出來。

　　唔，所不同的是戀人有更修長的腿；纖細挺拔的後頸項。那一次是幫他填寫寄出的郵件，以此留下她埋首疾書的背影。彼時，戀人肯為他做一切事情，是他此生中少有的幸福……

　　男子在日記上寫著這樣全屬空想的戀情。

　　「匆匆從陸橋底下走出來，看到濕冷路面反照著陰灰的天空。迎面颳過一陣冷風，我卻好像嗅聞到心中戀慕的那個人的氣味 ── 彷彿剛才走過一樣，於是我張皇的左右索看，但什麼也沒有，冷颼颼的街面，只有畏縮的一輛黃色計程車疾駛過去。」

「今夜我第一次看到久忘的月亮，雖然缺了小小的一角，那光明卻無與倫比，且容許我以裸眼直視……。月色下的綠草茵，現在看起來只是深灰，草尖有時閃爍白光，這時吹著溫暖有些潮濕的風。她果真會應約而來嗎？」

「走進這一幢龐巍巨廈底樓 —— 電話中說在這裡的速食店碰頭。頃間，一張婦人慘怖的臉，瞬息一閃，消失在側旁的化妝間去了。

「亟力期待她明媚面龐出現的此刻，剛才見到那婦人從嚴重燙傷中修補過來的臉，不斷的干擾我的熱望，實在的，那婦人的面皮像似在溶化當中拉址填補過一樣……」

為了分散等候的焦慮，男子這麼寫著的時候，慕倩的女子忽的飄然而至。那是第一回，兩人步向河流貫穿的岸邊一家小咖啡店去。

俯看

　　一個男子在電扶梯頂端，憑欄向下望。畫著他的同時，我也勾頭探視 ── 逐級靜立的男女老少的頭頂，在遠近法中上升、變大。

　　心想：什麼人物日常的視像是這麼樣？大約天堂的司閽者吧，純淨質輕而羽化的形體，在人間得著歇息之後，靈魂浮升上來，祂，正接待著哩。

　　我也曾描繪過相反角度的一景，在一所巨型醫院的門廳，我由上望下看寬闊的電扶梯分作並行的兩行，把前來就診的歪倒人形，緩緩提升到極高的頂端；而另外一列，則是毫無希望的、沉重的人們，又慢慢滑墜下來。這此抱病者的身形是欲望累積的罪軀，在死亡之門前，在浩大的醫院門廳，構畫出人間的「地獄變圖」。

此刻，這反過來的視角卻是台北捷運某站的月台，一男子怔怔往下搜看電扶梯上出現的人影，兩邊交會的列車已先後催叫起笛聲，而他卻並不急於離去。

　　大家都急匆趕車的這個場合，男子的表情似乎有點變態。唯只可以作為解釋的是：期待那在都會裡淹沒的分手戀人，有朝一日，忽的自扶梯冉冉上升，仰面相望而燦開一笑，恍然一時間又回到了昔日。

浮出深海

「那就是基隆嶼呀。」女孩指著海堤外，洋面上凸出一塊尖石。這時我們頃才抵到，初見這開闊的海景。此時稍許陰霾的天氣，那嶼只一片平平的深藍顏色，像扯起的一張船帆立在海平面上。

「這地方平常就有很多人來游泳的。」高眺的身形，嘴角有長長梨渦的女孩對我說：「光是早泳會員就超過兩千人呢。」

對著海堤走去，那三兩坐著看風景的人、堆著的消波塊，看起來同那基隆嶼成為相似形，靜謐而調和。但近處一根電桿彷彿提醒我，這兒離雜沓的都會並不遠。

一艘大貨輪正緩緩打我們面前駛過。

比及我們也站在海堤上，見到立了「外木山救援中心」的牌子，往下看，竟如螻蟻般成百上千的人，在海中游著。

　　「通常我也在這兒游，偶爾父親會帶我往那兒游去，」她指向遙遠的散列海中的小礁石，此時落入霧中若隱若現，她說：「大約四千公尺以上吧。」

　　此時她濕而扭成一股股的長髮，像海底的藻草，彷彿生活在深海中的魚族，偶一上岸來為陌生人導覽而已。

復古連結

　　一位僧尼端坐在捷運車廂裡，沉靜的正視前方，任身軀附載在空調車廂的速度中。與此相對，那灰色粗地的袍服、平實的僧鞋，似乎有某種衝突呢。

　　多年前首次在九龍國際機場見到一群候機旅行的僧侶，那一襲襲茶褐色僧袍與肩背上的褡褳，瞬間有時代倒錯之感。但繼而又想：紅塵既已如此連結，難道還有別的旅行方式？

　　不久在香港海洋樂園又逢見僧尼們——落座雲霄飛車，又是一驚。然而此後的多年中，僧尼們駕機踏車或駛著Volvo轎車，逐漸在我周近的生活中多見起來。

　　畢竟我們應該明白：僧尼們的人間生活必與當世同步為合理，不能由於那承襲自唐代的常民服制而拘限一切行止上的復古罷。

喂
!

　　診所玻璃門被推開的時候，一陣輕聲鈴響，讓櫃台後邊那個高佻的白衣護士微微抬頭，注目看向門口，嵌在底下的燈管照亮她的臉。進來的是一對夫婦和一個女孩兒。

　　我也在候診室等著，卻看不出這三人家族中，究竟何者是牙病患者。孩子一掃眼光，便被立在牆角的方方的水族箱給吸引過去；母親邊用眼睛盯著她，邊絮絮的向身邊男人說著話。那，為牙痛所苦的，大約就是那個隨時以簡答回應一切的父親吧。

　　女孩兒踮著腳，生怕擾了水箱裡魚群的樣子，一步步潛行靠進。紅亮的金魚在狹隘的方匣子裡泅泳，忽上忽下，其實只是隨著水泡打圈。現在女孩完全走靠過去，直到逼視著金魚們一尾尾貼玻璃，瞪著巨眼滑過去。現在，無論她做出什麼樣的表情，魚兒們竟一概無視。

　　「喂！」女孩兒終於忍不住對著叫了一聲，不用說，金魚們絲毫沒有反應，一仍睜著圓凸的眼睛游過來游過去。

老去

　　華燈初上的夜市通衢，一個拉著手推車的老人一路走走唱唱，讓兩旁露店的食客注目相隨。

　　這形象與年輕時讀過西歐詩人、作家們筆下的搖琴人、流浪歌者的身影甚為相似，我一度也以那些幻影做過浪漫的寄情。

　　但現狀的實際有所不同，唱歌老者將他的擴音機具、伴唱帶的裝置等等，放在小車上，行經食桌間，透過手上的麥克風發聲，清晰而帶有強制性。

　　「列位，聽我唱歌助興，好多飲幾杯酒，多向店家點幾道好菜……」歌唱的間歇，他夾敘著許多招呼語。

「想我二十七年前，某某百貨大樓開業的時候，在六樓駐唱的，就是我啦……」

「現在老了，在夏天的晚上出來走走唱唱，也可以給大家解解燥悶吧。」

歌曲唱完，老人的聲音跟著他身影遠去縮小，漸漸收束不見。

我始終不知道他的主意為何，既未向人募錢，也未見有人給賞，表示他們的承情。如此老歌手此行，難道為了回溯既往的光彩？

賣唱老先生
LH
5~14

無家可歸

LH
2001-1~2
字母ㄅ側結

　　看著他從光明路店舖前的廊下一路走前來,停步在我坐的粥攤,向我眨了眨眼像什麼故人似的,嘴裡不清楚的說了「賞我一碗粥吃吧」的話,反覆了幾次。

　　我只好掏出幾個輔幣放在桌面上,離開食桌走去。而一回頭,瞧他迅速的拾起錢幣,卻不買粥,捧起我吃剩的半碗,立在那裡呼嚕呼嚕倒向咽喉裡去。

　　一大早的興致被他敗壞了。中午看電視新聞,社會局在歲末宴請這些街頭遊民。畫面上有辦桌的師傅,正以熟巧的手

在鋪墊美乃滋的生菜堆上豎起一枚紅紅帶鬚的龍蝦頭。這官方暱稱作「街友」的人，蓬頭污面的受請入席，據說這末表現了「社會的溫馨」。

小女兒一旁插嘴說，參訪過市收容所的朋友，看到伙食看著電視消磨時光的遊民們，天天過著毫無鬥志的日子。

我很知道這些無家可歸、無業可做的遊民種種的艱難歷或且有前輩稱他們為「街頭的哲學家」）。在柏克萊一家店門廊，總有一位面顏修得極光潔、衣著整齊的男子站在，不卑不亢的向你請安；或者隨口指引你簡單資訊，以此小小的賞錢。在倫敦柯芬園墳起的草地上，我也見過一個著做日光浴的襤褸漢子，不忘在身旁豎立一牌，上寫：我，亦無能。──他們外顯的模樣可有種種不同。

北投的那位「街友」，初見是在舊北投火車站的垃圾箱香煙屁股，身旁冷眼看著的拾空罐的老先生，大方的從菸盒裡派給他一支。我悄悄在一旁畫下他，以為不過是一時發菸癮的鄉下人。

後來就常見他彳亍北投街上了，有一回早上看他從棄置的日式宿舍裡走出，惺忪著眼，那表情似在盤算這一日的行腳。逐漸胖壯起來的身量，以及慵懶的五官，確乎是一名「街友」的典型了。

默默祝福

友人為嫻美的女兒花嫁之前，在自家舉行一次文定的儀式。

應邀觀禮的我，首次參與這樣一種既肅穆莊重，又祥和親切的儀式。

友人幾年來座落鄉間的恢宏屋宇，終於在此見到它融匯上述特質的大背景，或者更確切的說：友人在空間的安排和裝置，幾年來之汲汲經營，無非就為此一日的到來吧！

會親的雙方，圍坐在一張約莫一公尺半寬、四公尺長的巨桌兩旁，桌面為整塊半尺厚的原木製成，加以周身古典繁瑣的鏤刻，在此時此地實為罕見。且一體沉浸在一種百年以前的古老色調裡──這也形成這項文定儀典的基調。

過了許久，那優雅的新娘出來，原先佇候在那裡的高壯新郎迎上前去，將一枚指環套落伊人的手指。

這一刻，我注意到廳堂的邊角，幾個默默觀禮的親友，連同豎立一旁的木彫佛陀，彷彿一致露出艷羨的神色呢。

人生相逢

惶急的心情，由於照拂的病人狀況稍趨緩和，而暫告舒馳下來。我把目光游移到急診室別架病床之間了。

在正對過，一支床頭的 T 字形掛竿上，吊著一袋像番茄汁的血漿，以及一袋像楊桃汁的營養素之類的點滴瓶，向著那個怡然臥著的人的體內流去 — 那人正看著《新約全書》。

大凡人們在急難和死生之間的場合，容易思想到關於人生終極上去。這時一個挽了一只布手袋的婦女，悄然走到我面前 — 大約在她看來，我面顏上總有惶悚之情。一本薄薄的《觀音心經》，便從她手中遞送到我面前。

醉酒

　　表兄長我三十歲，事實與父親同齡，他倆且一道成長。因為與我們兄弟「同輩」的關係，相處時即拉不下臉來作大，一向以兄弟相稱平等往來。

　　前年表兄故去，在告別式場上看到他的遺像，才驚覺那照片裡的是一位安享了天年的老人。

　　從遺照中仍可感覺他那一種高壯的體魄，只是處於生前鮮少看見的抿嘴不語的緘默中。

　　當時我坐在弔唁席上塗畫靈堂的這一切，那些不知從哪裡來的故舊，先後上前獻花祭酒的時候，有幾度我都錯覺表兄會忽然開口，用恢宏的大聲量赫赫笑起來。然而這樣的事終究沒有發生。

2000-2-19

　　當我還是少年的時代，常常疑惑：到底因為表兄擔任了酒廠廠長才變成善飲呢；還是因為他善飲而膺獲酒廠廠長一職呢？現下我一仍這麼想著。

　　關於表兄飲酒的故事，有一則到我自己也愛酒的年歲才曉得厲害；與友人飲酒一夜，不分高下，家人俱都入睡。黎明時兩人肚子有點餓，表兄在廚下找來剩飯，問：我倆各泡高粱酒一大碗，吃了它吧？於是家人晨起才發覺兩人醉倒，人事不省。

　　我不記得圖畫中遺像角落的兩瓶米酒，是靈堂現場的實物；抑或我的聯想而加添上去的。

一個鞋匠

在捷運的車廂裡，我一眼就看出坐在斜對過的那位鞋匠來。

日常坐在市場口的巷子裡，悶頭釘釘縫縫的鞋匠，之所以立即辨認出來，是乃他的坐姿和表情的緣故──雖然地點改了，也不在工作中，他卻一仍那副緊抿起嘴、任勞任怨的微笑，而他天生跛著的左腿，一向彎曲不下，只有朝前伸著──平常在店頭，是將那隻略短的殘腿，舒適的擱在特備的帆布凳上。那雙皮鞋也可以看得出甚少穿著，現在錚錚發亮呢。

他坐在近門邊上的座位，一手扶著光滑的桿柱，下面塞著一把收合起來的黑傘──就像鮮少出門的老實人那樣。右手因為空著──往常總有補鞋的工具握著，而不知所措的拳在那裡。

多年以前，有一回我在市場隨意速寫的時候看上他，便悄悄的躲在相距五公尺之外，一柄賣水果的遮陽傘後邊畫他──低著頭用利刀修切掌好的皮底子，眼下還有幾個買菜的婦女，提著壞鞋等候呢。

我神不知鬼不覺畫著畫著的當兒，抬頭一看，那鞋匠的位置不知什麼時候空了，我正左右張望覓尋著，一個蒼老的聲

音打身後傳來，說：「啊，畫不像呢！」

　　吃驚的回過頭去，見那發話的即鞋匠本人。像練功人那樣，一瞬間踅到我身後，竟使我毫無所覺啊。撂下這句冷嘲，他又一跛一跛的走回原位去……

　　這幅圖和紀事我保留在出版品中，時常在翻閱時重見，以此印象深刻。現在他一任我觀察而毫不覺得，泰半因為脫開他熟悉的工作場域，吸引他的新鮮事物正多，還來不及注意到我吧。

　　懷著興奮的心情，難得有空的鞋匠終於出遊了。

沙漠幻象

「幾個朋友打完網球之後，通常一起去吃BAR BQ，喝啤酒……」二十幾年前我頭一次聽人說到這種餐食方式時，根本不曉得這即是後來在台灣大行其道的，稱作「蒙古烤肉」的玩意兒。

至今我仍不明白，這種美國人在後院裡架火弄的肉食，為何在台灣稱作「蒙古烤肉」。

　　之後，友人頭一回邀我去食，心中猶存在浪漫聯想。進到那裡時，晶瑩剔透的刀叉杯盤，雕飾炫麗的明鏡和水晶吊燈，特別是空調的冷氣逼人，一古腦兒將我對天際高遠的蒙古帳篷、沙漠薰風的幻象撲滅了。

　　那一家「烤肉店」—也許是「天可汗」、「大可汗」、「帖木真」或「成吉思汗」等等任何與蒙古相關的名字，經營策畫可真奇特：店裡可見的任何食物，一概不另收費，除了飲料。於是店方充分供應那些足以讓你口乾舌燥的東西，諸如：香蕉啦、帶殼花生啦等等，店主的盤算是：這些乾料加上肉食，顧客勢必大量買水不可。

　　時過境遷，此種愚不可及的策略久不風行。日前我再次踏進久違的「蒙古烤肉」餐店，端著一碗自選的肉片，等候大師傅在鐵爐上翻炒的時候，一個小男孩問他的父親：「蒙古人在沙漠裡都興這麼吃嗎？」

忘卻

剛才兩個著唐裝的年輕人在眼前這張矮几上，慎重其事的將沏茶的器物一一擺置整然，操作是在一張厚布之上，以致一點聲息都沒有。

每回受到茶館主人之邀，都讓我懷著謙敬之心，前來會見一次次不同的人物，他們節制有禮的外貌卻有某種相似之處。

在鋪著蓆面的裡間，聚集的人們只好跪坐著，會神注視來賓的表演上。有時不免猶豫：畢竟落入鄰國的日本風了罷？但也未必，沏茶整治的趣味並不相似……

這兒的地點原來是一幢頗寬廣的日式宿舍，甫自大學卒業的年輕主人（我那時候認識他的），承繼了這份產業，把它經營成一個飲茶聊天的所在，當其時，不過也是隨興吧，想不到蔚成一項台北的文化景觀。

有時候找人來談做小說的藝術啦，有時候聆聽什麼遠方來的古琴家彈奏啦；有時候還遇到印度教或者道教的修行者。也有一回，我穿過前廳的一刻，一個穿著清涼的女豎笛家正擺扭著吹奏西洋古典樂曲……

現在接著上場的講演者切暗了室內的燈光，螢幕上立即出現他在藏族生活的地區拍攝到的幻燈片，風景並非他的主題，白幕上一張張投出那些穿絳色紅袍的小喇嘛的頭臉特寫，一個個張大嘴露出了他們有缺陷的牙齒。

「請注意那齒面的黃斑和鋸齒狀的侵蝕，」講演人冒著旅行上種種生命的危險，為了調查「飲茶的壞處」。他說：「藏族從十歲開始，牙齒即明顯出現氟受害的特徵……」

他解說因為藏人依賴茶磚飲用之故，而從四川、湖南一帶製造運銷過去的茶磚，因為「含茶枝量」較多，以致提高了茶裡含氟的比率，普遍損壞了藏人的牙齒。

他特別申明，之所以能夠跋山涉水做了一年的調查，是受了這位茶館主人的資助……

我轉目注視在一旁微笑的主人，什麼時候霜白爬上他的髮鬢，頷下也生出稀疏曲捲的鬍鬚，原來被我們忘卻的廿五年過去了。

剝削

接受一家廣播電台的訪問。

結束的時候，一位女士走進發音室來，要求我：能否另外為聽眾「講一句砥礪的話」。

女士也許是製作人之類，而這樣臨時提出約定以外的要求，本可加以拒絕。但我想，那也許是正規節目以外的插播，況且只是「一句話」而已。

等到換場的錄音安排就緒，麥克風指向我的時候，女士忽然改口說：「請談三分鐘」，「三分鐘指的是將一句話闡說得比較清楚的意思吧」因為已經沒有拒絕的餘地，我只好這樣寬慰自己。

　　事過幾週，倏忽收到一信：請將我們打字的閣下三分鐘談話的筆錄校對，我們不想在出版的時候有誤——大意如此。

　　署名姑稱（弱智出版社）。表明出版後即奉酬新台幣三百元。

　　雖然不願被迫出版言論，但更不願見言論被誤錄，我寄去重校的稿樣。

　　不久（弱智社）又發一函，要我即寄履歷及近照，附合約一紙：包括「不限量」的使用該照片，且對他們採錄的那段話，放棄我的「著作人格權」，一切權益悉歸（弱智社）所有。

　　我的不幸的朋友，因為也在那一電台應邀訪問，被出版社同樣手法炮製一次。事先不預作商量，更毋須同意，只一步步讓當事人陘入不拔之境，我們親身領受了。然而尚不至麻木，於是我退返了那「合約書」。

沉默的勇氣

　　某年夏天回到升格為學院的童年母校小學，幾已無法認辨，新的樓廈房舍縱橫擁迫，全已失卻幼時記憶裡林木扶疏中木造教室的蹤跡。

　　那每日往返小學途經的菜畦、農舍和監獄牆圍，現今成為車水馬龍的四線道瀝青馬路和兩旁商區所替代。我禁不往自問：昔年的農業人口以及他們的後裔，難不成俱都改業從商了嗎？抑或淘汰出局，被驅離他們世居的土地？

　　昔年晨曦初露的每早，我們三兩同學自中山路折向學校所在地去，路途中陸續加入會合的級友，使自然形成的上學隊伍逐漸擴增，我們並不拘束的忽快忽慢，自由變換位置，嬉笑交談。過了一個拱起的土坡的時候，往往年輕的級任導師從岔路插進來加入了我們。

　　導師是極愛我們的，然而此後的途程大家卻變得沉默，隊形也忽然正規起來，儘管表面上的變化像這樣，但內心似乎處於一種甜蜜的緊張狀態。

　　然而有一回，級任因著某次月考總成績輸給鄰班，而下令全班跑操場了。對於這種「無差別懲處」，我心中頗不以為然。不知哪來的勇氣，當隊伍帶到操場的時候，我突然自行出列，站立一旁拒跑！那級任頓時愣了一下，然而也默認下來——由此，我識破了大人們心中的機關。

내 그의 손을,
알맹은

卷二：

遙遠的細節

我卻從暖色的日影細微中，

看到年久失修的頹跡。

美味小館

　　這畫的是一幢木造房子的二樓，條板壁面經過歷年一次次的修補；雨簷的曲扭以及錯落有致的屋頂，佇立在都會的一角，活像舞台上的貧民區布景。

　　灰黑瓦片上停著兩隻鴿子，很不容易看出，牠們隱在同一色系的背景之中，不過情調上多了些生命氣力。

　　如果凡常走過，萬想不到那呼啦呼啦響著的窗型小冷氣機裡頭，人聲鼎沸盛着正在開席呢。頭一回被朋友引領這家飯館的樓上，那窄而陡的木梯子隨著腳步響，讓我體會到形聲語音的「格登、格登」之極其寫實。

在這樣的一層「危樓」樓板上，約有五、六張圓檯面，我們即盤據其一，大嚼起來。本店的菜色名目不多，但齣齣精采，屬味家常，毫不沾染當下餐飲業爭奇鬥艷的風習。

考察地緣實在是台北的心臟地帶，中正紀念堂近在咫尺，但也不可怪──紀念堂位置的前身是佔地廣袤的陸軍總部，更早則是日本領台時的軍部所在。我們很可以想像此小館的發祥應在五、六○年代，以陸總官兵為消費群時代做起來的，根據許多實例可證：凡有軍隊駐紮的周近，吃食館必興。

食罷，在對街看過瓦頂上兩隻悠閒的鴿子，外部也給人一種搖搖欲墜的壁板，裡面的饕客們一仍大啖──一如剛才我自己，底樓門前處理生菜、刷洗碗筷自也在所難免。畢竟是什麼複雜或單純的理由，讓它不進不退的保持古風料理呢？

馬，馬

　　陽明山到北投之間的「陽投公路」，是循著山巒間繞行的幽靜瀝青道路，徒步的人可以緣著澗水豐美的山邊陽溝一直走下去。

　　對山上交通系統熟稔的人，必知曉「陽投公路」的中間段，在那古樸的觀景台之下，有一條直下的捷徑，通往天母，俗稱「小姨仔路」——如果用雅字稱喚，即：「側室之路」。這有本地人機智在內的稱名，一謂它並非坦道；另外也稱頌它的便捷和活力，帶有一種越規和浪漫的旨趣。

　　我頭一回嘗試走這條「小姨仔路」的時候，便發現途中一座頗具規模的馬術場，因為它的俱樂部性質，以及場地往深內開展，一般不容易引起留意。

這裡築建的兩座大馬廄，俱都養著世界名種馬，那高壯挺立的體裁，同我們本產的蒙古馬相較，就像東方人面前兀立著白種西洋人。

　　據說是台灣的富人個別從歐洲挑選進口，寄養在這個馬場裡，平常時候的飼餵、擦洗和馬術的操練，由馬場聘雇的騎師和職工擔當，在有閒的空檔，那真正的馬主才駕車前來駕乘愛馬馳騁一番。

　　「花費同購置、保養一部名車差不多吧！」一位製造瓷磚致富的馬主對我說：「有空的時候我總會上山騎一、兩個鐘頭，有益健康嘛，總比養一個女人單純得多……」

　　想一想之後，他又補充說：「但是對人說起是『去小姨仔路騎馬』，似乎不好聽呢。」

流金歲月

這兒並立著兩幢異趣的建物：右手是座紅磚斑駁的天主堂；左手緊鄰便是發出藍綠反光玻璃窗的旅邸，雖然底樓前栽植的棕櫚和門廳，做出渡假別館的樣式，這類情人的約會旅館，我們可都明白那些矩形窗格裡頭，有著什麼樣短暫的探險與激情。

北投的光景確乎大改動了。腦子裡還憶留著往昔的圖景；每早遊覽巴士行將載那些日本男客離去之前，孩子們手抱成落的蝴蝶標本，操著一、兩句日語兜售的口頭禪，向巴士窗口搖晃著從埔里來的蝶屍。我們年輕的幾個偶爾出遊，也只是無聊賴的坐在路旁松下，目送那機車把手上

飄著的紅絨穗子，飛馳著將後座的年輕姑娘送往各賓館旅社去，並算計回程路過我們的時刻。

可悲年輕的生命也在那失望的等待中流去了。

不久前在名古屋曾遇到某漢詩學者，談起若干年前他前來北投的旅行。據他說：父子兩人下塌之後，「在北投街上找了一晚，都沒見到書店」而大失所望。我笑說：這大約是你們父子商議好，以便回來向婦女們報告北投行旅的內容吧。

八〇年代禁娼以後，此地好像有轉回良家與名勝所的趨勢，雖然略顯黯淡了些。新近──從某一舊旅邸改建，重新以「湯浴」等高級享受為招徠，整個兒奄奄一息的宿旅業才又跟著翻新氣象，拆建多過裝潢。眼前我佇足這兩幢不搭調的建築之前，那旅邸六樓的某一窗格忽然拉開，一女子的面顏探出，大約激情之後終於想到覽景了吧，然而頃才低頭見我塗寫什麼，她又立刻縮回室內，並旋即關緊了窗戶。

霧之記憶

　　如果一時沒有風颭過，這一蒸騰的熱氣便團團的瀰蓋住五十公尺圓徑的湖面，對面山上的林木、屋宇全都掩蔽在白霧裡了。偶一陣風掠過──這山谷間是常容易發生的，好像隱形的拂塵大大的掃了那麼一下；那沸水的表面便立即清澈起來，人們似乎從綠色的湖心看得見地底的七彩顏色。

LH 2001 之2,
也想念

這地方是北投一個自然溫泉露頭，形成低窪的淺湖。早先——我們年輕的時候，秉燭夜遊的神祕驚魂之處——大約那沸騰冒泡的磺泉，確乎燙傷或竟溺斃過失足的人罷，管這兒叫「地獄谷」。後來公共建設將四圍築起杆欄——危險是避免了，把利用磺泉地熱煮雞蛋的遊客，集中在水溫低的岸邊。門口專賣生雞蛋的攤販整排，遊人到這兒彷彿也只會這麼煮蛋玩。夜晚，入口便封閉了，這時正式更名為「地熱谷」。

　　我最近又走近那裡，賣蛋業蕭條了，進去看時，往日三、四十隻給遊人剝蛋殼的橘紅色塑膠棄物箱也撤了，原來此地已經不許煮蛋，只給靠著杆欄欣賞風景了。

　　又一陣風吹散霧氣，見留有一條溫泉清溝，遊客們全都光著腳丫、捲起褲管、撩起裙襬，伸進去泡腳呢。

　　將身體的一部分親自體驗溫泉，本沒啥不好，只是一個挨一個，衣履不整的坐在溝渠水門汀上，那雜沓與欠雅，像昔年風尚煮蛋一樣。

輕輕的隱約

　　寺的山腳下，即觀光攬勝的風景通道，鬱鬱蔥蔥的林木掩映著。一條石板階梯折向山腰的禪寺方向，入口卻沒有什麼山門等等誇大顯眼的事物。

　　一大清早，少年寺僧握著竹帚柄自頂端逐級掃下來的時候，見一對男女歇坐石級中途，沉默無語的戀人，寺僧繞過他們。這一對情侶自某年初冬起，便固定在此幽會。

　　落在青苔滿布的石階上的枯葉，其實甚少，灑掃不過是出家人修行日課罷。現在他返身往寺的方向拾級回走，輕提著竹掃帚，周身微微沁汗，在灰白的僧衣的底裡。

　　登上寺院平台，大殿永遠肅穆的平展視野，右側一座亭子裡，石刻的地藏王菩薩一手持握錫杖；一手托抱嬰囡。

　　頃間那紅塵即落在石級之下、隱約自雜木林隙間透過來的山道上了。

消失的時空

　　如今這些毫無規則散建在荒草土石中的方池，依然咚隆咚隆轟響，他聽見像似極大的共鳴聲音在這個谷間迴盪。

　　那聲響細索起來，實在是來自地底魔獄裡的沸滾，人們把它（稱作「溫泉露頭」的所在）砌牆圍聚成池，蒸騰的青顏色的漿水，從這裡以大管輸往山下北投各處的溫泉浴室。

　　但是他在公路邊注視的這一刻間，正午的烈陽投出白花花的光，蒸騰的白煙霧看來燠熱難當，使土石大片裸露的這處惡地，顯得一無是處。光線也使池緣、管線的下方，以及草叢蔭處留下濃黑的暗影。

　　他佇立的這條路，叫「泉源路」，意即溫泉的源頭吧。

他記得與姑娘第一回相約正是這兒，那是在市區分別的時候，隨手指著公車站牌上的一個站名，說：「那就約在那裡見面吧。」

到了那一天，他以詩人行吟之姿頭一回徘徊在這條路上，俯看山谷間那一格格的「泉源」，耳聽傳來的轟隆之聲，想到清代那位渡台的文士郁永河所記，採礦之地即在此附近，不禁興起時空之嘆。

「我在對岸找了半天，原來你在這裡呢！」姑娘的聲音從耳畔傳來，眼眸似水氣般迷霧……

時光過了若干年，景象在此大不同，而姑娘似乎久已消失在山腳下的這座城市裡了。

橘林上空

即使走出一里以外，在山道上
寫生的我們，仍可以聽見包括Amy在內的
三個女子興奮尖叫的聲音。

稍早她們各戴了奇蔫怪狀的大草帽，提著主人家供給的
簍子，欣悅難當的面容，我猶歷歷在目。

我們在山上找景繪畫，卻不時聽聞在靜謐中傳來嘻笑和
銀鈴般的語聲，除此之外，只有鳥雀的寂莫啾囀。

這聲音總使我想起年少時代經過女校操場高牆外，看不
見的女生們何以如此激越興奮？其實不過是打籃球什麼的——
就像現在，她們是在採橘子。

山野裡又寂靜下來，只剩下我們自身的呼吸和畫筆摩擦紙面的沙沙聲，我一度以為女子們已縷厴足，但俄頃又窗透橘林上空，飄忽著陣陣串笑和驚叫。

　　據我所知，她們之中至少有一人是首次看到橘子生長──之前她提出種種關於橘樹的想像，頗使眾人捧腹。對於城市生活中的人，一向直接面對果盤中的橘子，忽然眼前呈現懸掛在樹上之時，那一種對植物生命理解的興奮可知。

　　末了，我們翻從橘林頂上下來，一面學著狗吠的聲音──彷彿一群看守物業的忠僕，「汪、汪、汪」的步步邀緊，殊料女子們完全不為所動，或者她們早已知曉那是我們慣常的把戲。

專心情調

　　早點的食攤上，人們分據十來張散置桌子，滋味甘美的吃食著。這著名的「虱目魚肚」攤子是設在一座古廟的前廊下，食客們的桌椅設在實際是「廟埕」的位置。

　　這座看來已經半毀的古廟，卻是台南市指定保護的古蹟，旁立有石碑可證。大約這個食攤悠遠的歷史以及它為府城人讚賞的風味，能夠匹配古廟的情調，所以從未被什麼「古蹟管理」或「重修」等等官僚作業所驅逐。

　　我重遊的時候之所以記得這裡，因為若干年前老台南友人特別推薦的關係。

　　食攤只賣「虱目魚肚」和「虱目魚稀飯」二種，前者只取魚腹一大片的湯類，後者則包括魚的任何一部分加煮的稀飯，此外，只有現成的油條一物供食客佐配而已。

大概這種多細刺的美食，特別需要凝注專心的原因吧，捧食者無不埋首用心，把注意力集中在夾藏魚肉中的刺，一一剔出。所以即使兩個舊識不期而遇對面相坐，也常忽略了對方，我的鄰桌兩個人，吃完才抬頭相認，大笑爭著去會帳。

　　只有我這種既不會吃魚，對一切陌生好奇的外客，才東張西望四處覽眼，以致於碗裡的魚肚吃得亂七八糟。同桌兩位優雅的府城小姐食畢離去的時候，忽然向素昧平生的我道了一聲：「請慢慢吃」，且嫣然一笑，別去。

　　我看了她倆食碟裡只剩下剔得透亮的骨刺，纖毫畢露的擺在那裡，才領悟到，她倆臨別一語，原是在指教我呢！

意外風味

到竹山旅行的時候，當地朋友特意安排我們到頗具歷史的「陳厝」來參觀一番，這處極單薄的三合院，看來還是當地引以為傲的部分呢。

陳厝 1:30 LA 1997.7.29.

轉進引道的時候，院牆和延伸到極遠處去的一排竹林，先是予人恢宏之感。但入門以後空疏的前庭，在正午的日影下顯得光禿禿的，那竹叢也忽覺稀稀落落起來。

　　三合房建築的正屋，瓦頂窄窄的，不像大厝應有的厚重感，卻因而搭配起來有一種高瘦俐落的丰姿。側屋大約重修過了，屋脊已是薄薄一片石綿瓦，除了在配置上以此說明傳統的格局之外，風味的質感全失了。

　　走進正屋去，仍讓我們感到意外的講究，那結構的木飾，壁雕，俱都保護得極好。正廳大約全是禮儀性的擺置，神位啦，傳家的藝品等等。還供著一幅祖先的照相，想是最末的可資紀念的頭面人物，一個有武舉人銜的胸像照片。

　　那清癯的影像，也許已是晚年的留影，但一副衰竭的病容，無論如何難以適配他武官的頭銜。

　　或者，這照相也令人想起衰亡的清國吧。

幸福的浪漫

乘了兩趟計程車，

多次停下，詢問：

「鐵路局廿號倉庫往哪兒走？」

這是台中火車站附近，沿雙邊鐵道我們一座座找去，為了拜訪最近報紙新聞連番介紹過的、藝術家創作自由發表的場所──由鐵路局提供一座倉庫，台中市政府贊助促成。

想會見那些終而有了發表的幸福的年輕藝術家們。

哪裡知道，此地倉庫的編序常有各種，以致我們並不能依序列順利抵到，前後車站和鐵道將倉庫群分劃東西雙邊，為此我們乘了兩回出租車，繞行許多途徑。

終於問出「廿號倉庫」所在，那幾個閒散在鐵道邊的工人模樣的民眾，投我們以奇異的目光，彷彿「廿號倉庫」於他們，另有定義。

　　現在我們進入內裡——一座以強力空調所控制的、寬闊高敞的室內，藝術家們展現的流行實驗卻引不起我們的興趣，只感到一種幸福的浪費，惟只布置現代化的附設咖啡飲品座，讓我們短暫逗留了二十分鐘。

我們逡巡金門一個棄村里巷，民居上豐富的「壁繪」。

這是由斑駁浸蝕和原來構砌時的雕飾——希臘、羅馬；巴洛克風以及閩粵的種種審美的合體，精采絕倫，不過你得抱持高而遠的歷史視角。

倘設略去那些因緣，孤立的去看眼前這片地景——洋樓群間錯在閩式宅村裡，甚且幾無人跡，將恍然覺得這是一座舞台，風雲際會聚合了許多人與他們個別的生活史，昌盛一時，然後角色們紛紛悄然步出消淡。

這個靠近金門西南方碼頭的村子「水頭」，往昔航向大陸廈門以及無限生機財富的南洋諸島，最足以炫示本族本村的人飄洋過海從外地致富的經歷，就是在此這個故里興建築而耀門楣。

「這些洋式房式，多半從業主寄回來的模本照片，加上口述的要求，由本地匠師起造的」，國家公園嚮導我們的阿美說：「本地俗稱『五腳氣』，意即保有五英尺（Five feet）的前廊。」

至於「五腳氣」的「氣」字，她解作閩南語的「起厝」的「起」。整體意謂：「依著有五英尺前廊的法式起造之屋」。

兩岸對峙的半世紀當中，水頭村的優勢地理忽然變成戰地前哨。以故，我們所見是這樣一個引人傷感的棄村。

　　仔細看，那些先人身體力行的教誨，猶留在殘存的屋宇上。

　　洋樓的一面山牆，以浮雕的手法砌著一個鐘面，那時針正指著十二時四十分。

　　「別人正午十二時休工了」，阿美說：「那每日每日多出來的四十分鐘的勞動，即成功的累積財富之源，要子孫牢記效法。」

　　那水泥砌死的時針與分針的位置，留下祖先無言的教誨。

　　不過，那時代的泥水師也許對時針尚且陌生，以致於概念上將短針定在十二，而長針定在八字，看起來又彷彿是十一點四十分的光景，這麼一來變成鼓勵他的後裔提前二十分鐘歇息哩。

遙遠的細節

今回的金門已褪去軍隊整然的印象，據說駐島部隊僅保留原有數量的若干分之一。環島的公路要衝雖然保留了堡壘上的值勤，但在防空網下默默警戒著的兵士們，難免被前來觀光的旅人當作蠟像般對待了。

兩岸的敵對狀態並未解除，然而此地未必是戰爭啟端時的前衝了——兩年前越過台灣海峽的導彈，已經說明此一局面。

彼此尋求武力以外的方式趨近對方，但也許未必全然。

在以上話題的交談之中，我們路經北山村一座孤獨的洋樓，夕照下看到彈創累累的牆面，以及炮火毀去的屋角——這是一九四九年末古寧頭戰役的遺跡。樓前現今鋪設了整潔的紅磚參觀道，並立有戰役記事碑。

據說此樓一度被登陸共軍據為前進指揮所。

「某某當時還是一個少女呢，」國家公園的職工多半是金門本地人，嫻熟的訴說戰役中的細節：「她被共軍要求——態度和善的懇求供飯來吃，餓壞了呢。哪知道一頓飯還沒有煮熟，登岸的共軍已經決定棄降了……」

同文同種間的征戰，說及面對面的細瑣時，即使凱旋的一方，也不免悲欣交集。

我們繼續驅車到了古寧頭海岸。戰役後守軍築起海堤——將弧形的海灣劃成人工的海湖，以防未來登陸戰時敵軍的長驅直入。

我們是安排來此賞鳥的。

李養盛處長的家園即在古寧頭戰場的村裡，因此他笑說：已經是名副其實的「透天厝」了。

靠在觀覽台的欄杆邊，亙古不變的海濤往復不止息。

李處長細述了烏沙港外鄭成功子嗣鄭經的艦隊與清、荷兩國聯軍的海戰，描敍得驚心動魄。

不知不覺間，好像發生在一六六三年的古戰事，離今並不遙遠。

「喂！請你們離開那裡！」李處長忽然轉身向海岸上的遊客大叫，旋即拔腳奔去，向他們警告：容或尚有未引爆的地雷還在此處呀。

LL 1998. 9. 13. 劉其偉

　　直到離開的那一天，才近在咫尺的寫生了金門之牛，當我們旅抵小金門，從九宮港下了渡輪，步行在木麻黃的林蔭裡，往青岐村方向走去的途中。

　　「小金門」即地理上的「烈嶼」，是隔著金門港灣更西的島嶼，它的西邊還有大膽、二膽兩個蕞爾小島，以上構成一系列的前哨防衛體。再往前去即是大陸邊緣的廈門了。

　　十四年前我初在小金門的村落裡遙見一座山嶺，以為這島上有比金門大武山更高的峰巒。「那是福建的武夷山呢，」接待的人立時糾正我。可見兩地之近。

　　在林蔭的柏油路上散步著，預計兩小時許的腳程中，自由領略此島的生態相。予我的淺薄認知，那是路的一側連亙著軍事設施；另一側則是高粱田以及散落的農戶而已。

　　攝影家林國彰邀我站在路邊的乾溝中照相，因為背景的連綿鐵絲網上，每距幾公尺便懸掛警告的紅色倒三角形鐵牌曰：「雷區」。

「不明就裡的人，要以為這全屬你的領地呢，」他玩笑的說。

另一側的闊野，有時是湖泊；有時是田畝。這季候的高粱已經結穗；赤褐色澤的穗子搖曳，形象上發散一種乾爽的意味。

原像是散兵般在寂靜公路上閒走的我們，首尾拉得老長老長的隊伍，這時候都忽然卡住，眾人佇立在農田的那一側觀看了。

在正翻著田土的地裡，詩人羅智成握著犁耙驅牛前行，一側卻是交臂笑看的本業農夫。

好像一償夙願的羅智成興奮的吆喝著，然而好光景並不長久，牛和犁俱都僵停田間了。那牛犢（判斷牠還不十分成熟）茫然的站在那裡，傻傻的不像蓄意抗命的樣子。

大約實在聽不懂口令的真意為何。

如果被牛理解為：「走！走！」的音節中，忽然冒出：「趴下」來，恐怕（依犢牛的常識）真的無所適從罷。

連綿流動

　　無意間自二樓店家的窗口向外一望，紅磚道上佇立舉傘的人群，那一體背向的身形，與傘弧的圓形反覆，使景象凝止住了。

　　不然，隔著行道樹形的那邊馬路上，車輛首尾互啣，列隊一行行層疊駛過去，時而呈現走不動的樣子。陰霾的都會午後，耳邊好像聽到轟隆轟隆低沉的吼聲，影像卻是一片靜定，以我眼前所見推想開去，整個城市似乎在運轉中無奈的卡住了。

　　道邊撐傘的人們所以停留，是為前邊正是公車的候車牌子。時而，滿載肥腫的車輛駛停靠岸，卸下幾個人，又艱難的往前駛開。這邊道上，彷彿人偶似的挪移或前或後的變換隊形，因為同一車牌子擁有幾條線路，不同線的搭客上前，復又後退了。

　　這麼些歲月過了，我們第一次停車在官田的公路旁邊，看著一區區無盡的蓮田──並非天然，大約是由原先的水稻田深掘，再引水灌注，成為一方方規整的田區。

　　從台南縣的官田，一路往白河鎮去的沿途，都可見種蓮的池塘。

　　從採蓮人浸沒及胸的深度看，約一米左右。那蓮叢密密麻麻，蓮葉黑壓壓彼此交疊著，一絲空白的水面也沒有。倘若不是兩個浸沒了身子的採蓮人在那裡的話，恐怕路人會以為是什麼地面上植栽而忽略過去罷。

　　終於，兩位像在污泥中緩慢泅泳而來的採蓮人，逐漸靠近我們佇立的田埂，戴著四周用花巾圍著的斗笠，外加罩臂套與手套，一身穿著橡膠套褲的她們，原來是兩位婆婆，之中的一人已經七十三歲！

　　「她們好辛苦呀，但是也好幸福呢！」我身旁年輕的旅伴由衷的這麼說。

一
千
三
百
年

　　旅行至廣東北部丘陵區，盤旋起伏的公路上稀疏的卡
車，大多滿載。看那車牌，有江西省、有湖南省的，可見
已抵達諸省交界不遠了。

　　這一帶山區，即一千三百年前禪宗六祖惠能亡命與傳
經處。我在曲江曹溪巡禮古刹「南華寺」，在末後的「祖
殿」裡，見神龕中六祖圓寂後之真身，上有一匾題曰：
「本來面目」。

　　這是十分驚人的遺體保存工程！在這樣濕潮溫暖的南
方氣候裡，使遺體不壞一千三百年之久。

　　此尊真像也成為遠近前來膜拜朝聖者的焦點。惠能師
垂目含笑，彷彿畢生心願終以完滿的瞬間，就此凝定下
來。褐色微赤的膚色，據說是本土木乃伊製作材料的一種
生漆塗敷的關係。

　　在寺中圖書室裡再次閱看五祖傳衣給惠能的故事，告
曰：「衣乃爭端之物，至汝止傳。」真是智者的決定。因
是叫惠能得衣後立即出亡，免為爭衣者所加害。

　　我的旅途繼續，兩天後抵達廣州西南方的「四會」市
鎮。據說，六祖當年即在此隱名埋姓，躲在獵戶群中十幾
年之久。

限制

　　從電視裡的風景「攬勝」或「探險」類的節目中，看到主導進行的年輕人的熱情和勇氣——這是很可令觀眾親近的氣質，特別是現今的觀眾也應多數是年輕人吧。

　　想起自己二十年前製作「映像之旅」時，雖還年輕，節目映出時卻有一種老氣橫秋的「靜思」調子，不知何故。但至今許多人尚記得那個節目，彷彿是台灣此類型節目的先行者。

　　當旅行轉化成節目時，濾過性的編輯方式，把時間長度與實際的比例尺改動了，所以遊走的「時」、「空」永遠難以在電視裡交代清楚——可見不同媒介的特長實在不同。然而，那時的閱看者仍以攝影機鏡頭為「眼」；麥克風收錄為「耳」，加以信任的。

　　目前的困難尤其明顯：人們已經不太相信「攝影機的呈現」了，同樣的，也不太相信出現在節目裡的「語言」這件事。兩者都是「選擇性」的詮釋，其有所偏漏或故意，也漸漸在觀眾的意想之中。

「現在，帶你去一起看——」這類目常常這麼開始——也基於年輕人的坦直熱情，他們會說：「很美唷！」「很神祕啊！」或者「很冒險喔！」等等激情的語詞。

　　然而很令人沮喪的，鏡頭呈現的目的地，有時還不及出發前、小歇時隨便拍到的地方來得動人呢！

　　也就是說，這種由電視再現出來的光景，開始即有一種限制：媒介的表現並非如實，它與親身臨場的空間感、深度、質感、溫度皆不相同。

午後二時

昏悶中彷彿一隻手搖撼肩膀，等我睜開眼看時，那人只動唇說了並聽不清楚的一句話，旋即轉身走開。他的衣裝顯示是某種制服之類。

我環顧四周，這是一個五星級飯店的門廳，我坐在幾張閒散的沙發中，恍惚間，我記起午間曾在此被人招待了豐盛的粵菜，然後，哦，也許我在門廳坐歇一會兒，疲極而入睡了吧，剛才那人大約是大堂職員——按規矩把入睡的客人喚醒，然後禮貌的退下。他們並不阻止客人想停留多久。

但另一方看透玻璃門外去，幾個女工戴著長及上臂的橘色橡皮手套，在刷洗飯店過道的地面，一個穿制服的女職工指揮著。兩面赤紅的五星旗低空飄揚，這是回歸後的澳門。

此時我慢慢記起，我們是一行人自廣州而珠海，上午又從珠海進入澳門，在搭機返航前，尚有幾小時的勾留，同伴們此刻也許進附近賭場賭一把，或者逛百貨店去了，而我坐待在飯店沙發上因睏而酣。

現在回想起這自處之境，看一眼手錶，離約好去機場的時間尚有兩句鐘，於是我走落街頭，在飯店建築背後，寫生了這幅午後二時卻寂寥無人如同鬼域的街景。

LL 1998

寂靜早晨

次日早晨我重踏這個昔日河港碼頭區的時候，一切安靜下來，那些有歷史特色的古物店／水手吧檯／舟船上的食店，一一打烊，只有少數揹著旅行袋的觀光客們東張西望的走過。

前一夜我從附近旅邸的大窗外望，橫過市區的新加坡河對岸，那些舊倉庫改建的古典屋舍上，到處有霓虹閃爍，如織的遊人打從露天陽篷底下穿梭而過，耀動倒影落在靜靜的河面上，彷彿有樂音的節奏、歡樂的喧鬧隨著蕩漾開來。

對我的認知而言，這個殖民地時代興盛非凡的碼頭區，是許多歷史場景，麻六甲海峽門戶；梳留清國長髮辮的華

工，赤膊從大舢舨上扛貨的圖像，沉積在眼前這個燈紅酒綠的觀光規畫區底下，格外呈現一種奇幻。

幾個旅伴信步往那裡去，一撮撮人群圍坐飲酒、燒烤的連排食攤，一個大圓形篷幕底下，音樂和歌聲震天價響，幾個辣妹在閃爍不定的彩光下舞蹈，但她們的共同背景則是超大螢幕屏，正轉播當晚世界盃足球決賽的現場──大約是讓那些前來飲酒的男人，回家後有正當的藉口。

現在是次日的早晨，一切歸於寂靜，攤盒收起，擺置齊整，留下的並無髒亂，只剩虛幻──大約只有新加坡這個國家才做得到吧？

暗示與幻想

　　誰也無法想像：這個像希臘雅典觀光地酒店的地方——
拱形的、有紅土質感的廊柱，彷彿從愛琴海反映出的蔚藍
色調。然而只消輕輕推開那一扇門出來，你就直接站立在
台北某一地區參差不齊的馬路邊上了。迎面襲來一陣挾帶
污穢與砂石的熱風，立即讓你回到現實！

我和友人為了暫時的逃避，現在處於這樣寧靜乾爽的台北希臘的幻想之中。裝束樸素有格調的男女侍者，遠遠晃過我們前面。

　　我正注視頭上那盞霧光表面像巨大貝殼樣的吊燈的時候，一個鼻形優美的女侍遞上一份飲料牌子：

　　「要點什麼喝的嗎？」她留下牌子，走掉了。

　　這是台北一家普通的供人歇腳的店，但如同它的建築設計，即使一份調酒單子也充滿暗示與幻想，謹錄部分供考：

　　「胸部愛撫者」白蘭地＋蘭姆酒＋苦艾酒

　　「床單之間」白蘭地＋蘭姆酒＋橙酒＋萊姆汁

　　「強壯的奶」威士忌＋白蘭地＋紅石榴汁＋檸檬汁
　　　＋柳橙汁

　　「歡樂池」蘭姆酒＋白蘭地＋紅石榴汁＋柳橙汁

　　「叫春」伏特加＋咖啡＋藍柑橘酒＋鮮奶油。

悲情卡夫卡

　　手邊是布拉格市街的一景，主要是古舊的傳統建築，一幢幢凸出的小鐘樓，即這些房子吸引人之處。沒有足夠將拍照與實地比對經驗的人，或許會為這斜陽下稜角鮮明光潔的景象所眩惑，我卻從暖色的日影細微中，看到年久失修的頹跡。

　　我們自看了捷克的名片《遊子》之後，便熱切的與朋友談論起捷克／布拉格這個文化地理上的種種過去與現今對照的印象了，想不到隔不多久，朋友已然遠赴那裡，且發寄一張風景片給我了。

　　這風景的特定地點並無說明，但或許有它的說明，在明信片某處一堆拉丁字母之間，為我所不識。

　　友人在背後空白處寫：

　　「照片中，布拉格舊市區距離卡夫卡老家不遠，後面幾束尖塔的地方，便是城堡。這種蒼鬱灰茫的氣氛，走在壅塞的街道是看不到的。

　　卡夫卡已經成為布拉格重要商品之一，只可惜沒有後代來收取豐厚的版稅。」

期待

　　塔妮亞是我們旅宿俄羅斯森林木屋的一週中，每天為我們預備餐食的姑娘。那裡長著高大的橡樹、櫸樹的林子，一條豐沛的溪流打林間曲折的穿越，粗圓木構成的一座座小屋子，使內部空間顯得十分侷促。

　　我們有十一個旅行者，而廚房裡只有塔妮亞一個人，她必須很能幹才行。每早差不多七點廿分我們紛紛聚到餐室的時候，長木桌上已隆重的預備好餐具，而塔妮亞一次可以端上六個人的湯盤。據早起的旅伴說，半小時之前，他行經塔妮亞臥房外的時候，她似乎還在熟睡呢。現在卻把自己梳洗得光潔漂亮，並且有一道道的早餐供應我們這一群人了。最近，回國後的旅伴中的一人出示塔妮亞給她的回信，上面寫：（旅伴將俄譯出）「Sonia，你們冬天下雪嗎？我們這裡已經變冷了，連上街走走都不怎麼熱中。我不喜歡寒冷，卻愛雪……」

　　應該還屬任性、愛玩年紀的少女，環境使她變得成熟而有責任心了。朋友口譯著的時候，信上的句子，彷彿讓我看到那個美麗的俄羅斯姑娘，從窗口看向林子裡灰黯的天空，以及她那顆跳躍期待著的心。

卷三： 喜劇櫥窗

這麼想著的時候，
　　　　而對窗櫥的丑偶，
一時發生了觀看自身肖像的感覺呀。

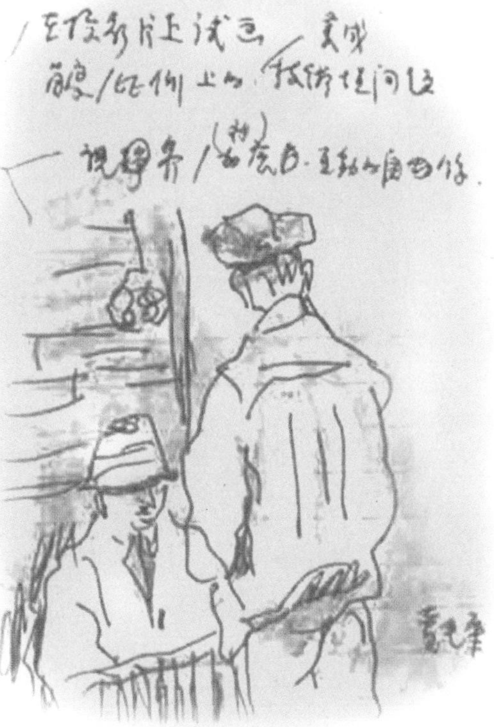

二丑角

　　窗櫥裡擺設兩個精神燦碩的丑偶，雖然個兒小小——約摸一個巴掌大而已，服飾和道具樣樣細緻講究。於是我立在窗櫥前邊極盡興致的觀看起來，即使在瑣碎的細節上，費了不少眼力，卻也覺得值當的。

　　右手那一個戴著不合式的禮帽，一手舉著，彷彿遮擋迎面來的燈光，另隻手則拿了把有點可笑、帶花邊的傘——剛收緊了。身上那一襲直條西服與花領結，更是典型小丑的樣式。

而左手的那個看來比較順眼，跨腳坐在一把椅子上，展開手中捏的一副撲克牌——三張A，另外那一張正待揭曉。頭上一頂雙尖角的帽兒，介於丑角與耍馬戲的人之間。

　　一度（約莫二十年前了吧），我曾把「丑角生涯」當作繪畫的主題，把它伸展到各種各式的情境中去：窺看的丑角；失愛的丑角；受虐的丑角等等。回想起來竟沒有眼前這兩者的典型呢。而且，那時的心情是把「丑角」用來自況的。

　　這麼想著的時候，而對窗櫥裡的丑偶，一時發生了觀看自身肖像的感覺呀。

陌生的裸體

　　「回去的家庭作業，是面對一幅大鏡子，練習畫下你的身
體。」我向成人學生們說，當三小時的人體模特兒繪課以後。
稍早，我們也共同研究了藝術應用上的「人體解剖學」──或
者應稱之為「以骨骼與肌肉為基礎的人體形態學」罷，並不涉
及器官的、生理的，僅只在人體動作變換時，因骨肉支撐所發
生的形象上的物理。

「從這一刻起，你們要以迥然不同的眼光看待自己的身體，」接著我補充說：「它是一個生物物質的身體，有別於自小母親教導你們如何對待的身體；青春時期對性的關心的身體……這些觀念與概念暫且一概不取，就將它視為自畫像描寫時的一個形態罷。」學生們聽後大都表情凝重起來，或者感到沉重的原因是，他們無法將道德、私密等等拘限立即摒除，而對此作業的要求覺得羞於著手。

　　事實是我們對自然裸體一事陌生已久，只要看看服飾文明史的發展，即能了解到人類是怎樣利用服裝，刻意讓自然的裸體陌生化的。從另一方面說，是運用「掩藏」的方法，突出「彰顯」時的吸引力，兩者交互作用，以達到社會性的規範，又兼及繁衍的必要。次一回上課時，學生們如約繳卷的寥寥。他們為什麼不能視自己如模特兒的身體一般的神聖無欲呢？

　　古埃及人善製「木乃伊」（mummy），法老王以及他的嬪妃；包括他們的寵物；或平日奉為神聖的動物，死後一律如法炮製成千年不朽之軀。可見人類在文明發展過程中，對待一切的態度有其一定公式——當矇昧不解的時代，只有敬畏、祈求佑護，（諸如：對大自然現象、野生物種。）一旦有所知識，便拿將來操控為自己所用，不惜種種酷烈手段，絕無平等相待之理。

　　今日自然科學博物館借展的「古埃及」主題，展示中的「木乃伊」，最叫人感覺時空遷移的驚詫，數千年前的遺體，實實在在的立在眼前毫無阻隔。那些木乃伊身上的「裹屍布」纏繞方向，形成有趣的藝術性肌里。

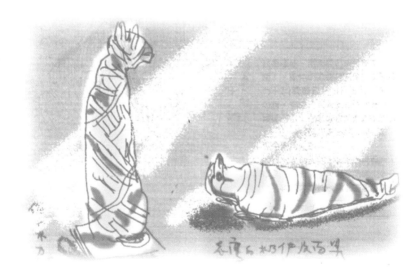

　　有的——像圖畫裡橫躺的老鷹，用雕刻與彩繪的方法，另製一面具套在頸部，如同法老王的彩漆人形棺廓。

　　之中最讓我觀時發噱的，是一隻木乃伊鱷魚，已經拆解了裹屍布，那四足仍皆向後貼緊軀幹定型，猶如兀自在童話故事中飛翔。

　　這鱷魚通身烏黑，長約四公尺，全無乾縮之狀，那表皮之凹凸猙獰一如生前，但確是三千年前死亡的屍身。此鱷魚體積的龐巨，在幽暗的展示室裡，與邊旁的小貓小犬實在不成比例。

　　現在我仔細查看鱷魚彼張口裡的隱約齒列；那肥短的四肢服貼軀幹——令人想到用布條纏裹時的必要，比照周近陳列的貓狗之類的木乃伊，裹屍布依然條理的呈現動物生前的姿形。當然，墓穴裡的主角還是些既經防腐處理的人物，法老或孩童的木乃伊，靜止如雕塑品。

　　由此可見人類一度奉動物為神聖，生時恭敬，死後製成木乃伊——即使是一條鱷魚，對其死後的靈力猶有期待呢。

唇的定義

　　亞里斯多德在《關於動物部分》一書中，這麼寫道：
「所有齒類的有血動物，鼻孔下就是唇。」

這指涉的範圍相當廣大，而不止是人們一般概念中，僅只上下
兩片紅色的口唇而已。

　　解剖學上的「唇」，是意指沿鼻翼側，向下八字形展開
到嘴角，包含「人中」的全體為「上唇」，而「下唇」也從口
裂以下，直到「頤唇溝」的範圍那麼大。並非只有那上下兩片
瓣狀的黏膜──現今女子們抹上唇膏的紅色部分而已。

　　「從生理學的角度來說，嘴不僅是用於攝取食物，同時也用
於排泄，在進化的過程中才與肛門分開的，」醫師兼美學家池
澤康郎寫道：「因為處於臉面之上、眼鼻之下，因而人們力圖
在唇上找出美的標誌。」

　　也就是說，所謂唇，其實與肛門是同質的，其隆起的形
狀與輪廓是談不上「美」的。但人們為了它顯著的、不可避開
的視覺地位，而強制賦予了「美」的種種感受。

你看過電影裡的「慢動作」嗎？我卻真真實實在現實中眼睜睜的遇到了，那是一個男收費員的自然演出！

電影的Slow motion是將拍攝時每秒的格數增加，在正常速度的放映中，一切行動都慢了下來──譬如每秒廿四格攝成四十八格的底片，播放時行動速度即放慢了一倍。

這一種視覺上的效果，不過是「攝影機的魔術」──實際上一切並沒有慢下來。這種表現技巧的發明，最初大約旨在讓觀眾「看清楚」，譬如：馬球比賽中揮棒觸球的

頃間;或什麼運動項目中關鍵性的一幕,觀眾可以肉眼看到「說時遲那時快」的形體變化,纖毫不遺的再現眼前。

然而,這Slow motion在電影文化的累積演進中,如我們所知的它已成為新的影像語彙,意並非只為「看清楚」,而成為一種情緒的強調與擴大,就像相對的「快動作」,也非「簡省時間」(有時雖然也有「粗略表達」的意思),但多半形成一種滑稽和譏諷。

這一種表意的延伸,晚近非只電影如此,一切舞台劇、舞蹈當中皆都承襲它,變為台上台下都有共識的「肢體語彙」。

這裡且說有一回,鄙夫婦兩人為了趕在打烊前繳交一張停車費單子——那公共停車場的小窗已經闔起,收費員極不願意接受剩十分鐘還要受理「一個案子」,於是他有了那一場令我們目瞪口呆的Slow motion演出了。

巴托斯的裸人形

　　我們還都記得巴托斯（Bathus）在北市美術館舉辦的回顧展，那一種表面上節制、均衡的畫風，觀者實際得到的又絕非古典畫風的感覺。

　　佔多數的風景畫和靜物畫（或者包含兩者：靜物極不自然的擱在風景之前），那帶綠味的赤，在在都暗示著畫家詭異的傾向，在冷凝中越軌的奇想。

　　翻開任何一本巴托斯的畫冊，其實風景、靜物的比例甚少，主要的作品還在於戲劇性安排的女裸人形。很遺憾的，在台北的那一回說是「回顧展」，卻連那一幅一九五四年出品的《室內》也無──一個在躺椅上恣意伸展的裸女，面對的厚布幔猛地為年長女性所拉開，外光倏忽照亮，窗邊悄然蹲立在長几上的貓，為此側臉睨視。巴托斯作品中，在私密的室內進行的自我探索與滿足的女裸，以此畫為代表作，之前之後不斷的變體，是我們所熟悉的他的主題。

　　「那個來上課的模特兒，頭佔去身體比例的好大部分，」甫從紐約回來教學院素描的友人，電話裡對我說：「她前一天情緒還不怎麼穩定，第二次就好多了……」

　　我認得這模特兒，正應和巴托斯主題中天真且邪惡的體姿，今天約定將畫冊帶給她看！

瘋狂藝術

　　美術展覽場上出現長長的鐵床，長到床頭床尾遙不可及的程度，大約可用來躺一個極長的巨人，但卻又嫌窄，總之讓你啼笑皆非的一種設計，許是藝術家要觀賞的人達到的第一感覺。

　　「做出這件東西來的人，非得比我更瘋狂才行。」幾位老先生一邊搖著頭看床面──空無一物，只薄薄敷一層沙子，淡淡劃出字跡。

「這是啥貨呀？」我隨著他們進入另一個展室，裡頭更擺著四、五張床，床上各有稻草做的人體，或側或曲，以白被單裹著。床前又各有大口澡盆一個，氣氛詭異至極。

「恐怖！恐怖！」老先生們連呼不已，現場還有幾位策展單位的人，老先生逐上前動問：「您這是什麼意思啊？」

「看板寫有作品說明。」對方回答。

「既然妳知道就告訴我們吧，省得去唸。」

展方的一位姑娘於是說：「在這件作品裡，種子和水，生命的溫床，或是權力與欲望，以及生與死的種種現象，在生態循環裡，將都歸於平靜……」

「好像懂，又像不懂……如果妳解說到天黑，也許就懂了。」

老先生們聽完，不再流連轉身走去。

不久他們又在盥洗間相見了，因為都有攝護腺方面的毛病。

殘缺

　　某一家古美術品店裡看到這樣的陳列：雕花長桌案上
頓立一尊石佛頭像，而背後的壁面上懸掛一幅「奔豬」的
浮木雕。

1448.6.29

富裕起來的台灣，自從有人把眼光投在「古美術」的趣味以後，忽然大小街衢上間雜著出現這類舖面——其實所謂的古美術，多半是談不上年代久遠的，只能算是「過時的」民間生活用的工藝品而已。美術商們熱心的把那裡掏來、早被人遺棄的、機能廢失的、缺殘不全的舊藝品，注入巧思整理一番，搖身一變成為既有時代感、且保留古風尚的飾品。於是古舊的民宅和不景氣的小廟，紛紛傳出失竊和盜賣的事件，（有些也許經由「新燈換舊燈」的天方夜譚的手法）總之，你忽然發現時髦餐店裡的窗櫺、友人家的檯燈燈座皆都染上骨董丰采。

　　將新的生命注入舊事物，非只使往昔的匠藝復活，且並呈著古昔／現代的審美趣味，原本是好事。比起國人素向勇於唾棄舊往，推翻遺蹟全面新建的作風，總算保留一些反省和檢視的機會。

　　然而，台灣的「古美術蒐藏癖」興起之後，我們前往絲路沿途的石窟舊址旅行的時候，不免發現那些石佛紛紛斬首失頭，只剩軀幹不倒的繼續衪的千年打坐。

鼓動之黃昏

　　去年春天與友人在台北郊外的農作區馳騁，原以為會看到田園百物盛旺的美景，哪知道車子長時間駛過的，竟是一律毫無耕作的、看似長久荒蕪的農地！

　　那次郊外的踏行，在村道的溝渠中，看到自山上分流下來的灌溉泉水，白花花的消失去；而農家戶戶備有自用轎車，但他們的田園裡竟空無一人！使我困惑與失望，後來在三芝鄉的八賢村，才見到寥寥幾個在土地上工作的人。

　　記得少年時代只要踏向郊外，田地裡無不有農夫管顧，這裡那裡聚合著交換幫工；或者孤獨一人，默默做著撫草、打藥的事。之中，插秧用的「鐵拇指」留給我深刻的印象。

那時熱中於田園風景的寫生，課外即揹起輕便畫架和畫箱，奔到郊野去了。無論是春的綠翠色倒影，或是秋的金黃色調，予我都是極熟悉的了。不過對農事門外漢的少年時代，看著遠近一撮撮農人的忙碌，耳際打穀機嘎嘎聲響，因了這一切生動的生命而享受著，至於這勞動的實際，並未能領會——就像十九世紀的巴黎都會人欣賞米勒名作的《拾穗》與《晚禱》一樣，只懂得一點「氣氛」。

記得一回冬日的黃昏，農人們紛自田裡撤走，天行將暗下來，特別是烏雲提前從四下圍起來，我看到獨一的黑瘦漢子，雙足插在淹水的田裡，冷冽使他顫抖，他用一只套在拇指上的鐵環，尖尖的插入泥田裡，旋即按下一株苗禾，一步一步向後退卻，秧苗逐漸成行成列了。

狂奔的空白

　　今天畫室裡來了一位高䠷的美女，原本不寬的私人畫室，自她進來以後更形侷促了，好似她的舉手投足都可能觸及牆壁和天花板的樣子，有人暗中替她擔心。同一時，空氣似乎也稀薄起來，雖然明知道不過只增多一人而已。

　　等到按例遞褪衣袍站在我們中間的時候，我忽然聯想起一隻長頸鹿或其他大型哺乳類給圈圍在柵欄裡，感覺上她此時理應疾走在廣場上，或是在郊野間狂奔才是。

　　然而模特兒馴服的雙手抱頭，以右腳支起重心，將骨盆右側略高起，而肩胛做了相反傾斜，達到了軀幹的「大平衡」，就這麼毫無聲息的文風不動。

　　現在我屏息審度如何在這麼迫近的距離下，把她的全身納進畫紙去。從我的椅凳上抬眼，幾如仰望銅像般，首先，就有向上縮小的透視感，這樣一個巨型女裸的立姿，畫在一張方形的紙上是極不合適的，哪，「九分身」的比例──以頭部為一個單位，全身恰是九倍，這一種狹長主體倘使擺在中央，則兩側畫紙俱都空白。

　　設若描繪的時間足夠長，當有種種處理空間的方式；自然，所謂「空」並非全然空白……

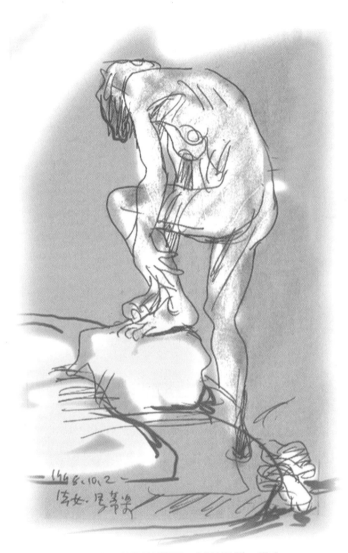

然而此時她的高鼻脊、豐厚的雙唇，以及像劍一樣向
上撇的眉形，我不由得想起某個曾經識得的姑娘的面容，
只是現在，這五官恰配眼前的身量而放大了。

第
三
隻
乳
房

　　在這一片板壁上，高高低低的懸掛相片，之中最靠近且
是光線的明處，一幅端正的軍官肖像微笑著。他的肩帶空疏
──也許只是一顆小小的梅花，絕不是星星，因為還那麼年
輕，胸前的勳表彷彿使他對自己十分滿意。

再來吸引我們目光的，就是那最裡的暗部，一個從背後發著光的白髮老先生，也好似那白光自黑上衣的身後邊亮起，染透了他的頭髮，像光還般的烘托老人家莊肅的臉。

　　現在我們仔細端詳過去：一個西服齊整的中年男子；一個裸女的半身；以及兩個相擁的表情嬉笑的孩子。在這景象中，一些細節並不很清楚的角色，他們並不隸屬同一家庭，實際他們互不相干的作為一個畫像師的陳列品。

　　畫像師只是依他職業可能服務的對象，挑選個別具有說服力的主題，以為主顧們的參照。對於自己的畫技，他深具信心。我們發現中間那橫幅的裸女，具有三隻乳房──女子用自家的左手去握捏那最右的一隻，其餘的均勻的分布胸前。畫師用這樣細緻光滑的炭精筆法，去創造奇突畸形的生物，畢竟是什麼意義不能明白，我們只能詮解為：畫師為了炫耀自身寫實畫技的神奇無匹！

　　這是中部一個叫竹山的鎮街上，烈陽自地面反映了這空無一人的畫舖子，我注視著這片掛滿見本的板壁。

內在世界

中國的智識者之喜愛西洋古典樂，多半由於生命中某種因緣，直接或間接受到西方人的啓蒙。

名記者蕭乾一九四〇年代留學英國的時候，在威爾斯接受一爿雜貨舖老闆的邀請——上樓去欣賞古典音樂唱片。許多智識者日後回憶他們重要的古典唱片的來源：有的是一九四九年買逃離中國大陸的西方人的遺留。葉石濤記得他買日本人遣回本國時的唱片，得貝多芬「田園交響曲」，以及蕭邦廿四首前奏曲全套。

「看看地攤上擺的拍賣貨色，才明白在台日本人的用物之精，和當年生活富裕的一面。」葉老回憶說。

前輩大提琴家張寬容生前告訴我，日本戰敗那年他正是十七、八歲，從日眷在西門町沿街擺設的地攤上，好奇地發現一把大提琴。

「那個年紀的我，什麼都喜歡『大』的，」他說：「所以那回是以買一把『大的』小提琴的心情，購下那第一把琴呢。」

也有人受到的啟迪是另類效果：許常惠音樂系畢業，即挾著他的小提琴負笈巴黎。還沒選定就讀呢，有一回在市場上買肉，那販子見他提著小提琴匣，便說：「你也拉小提琴麼？我們幾個朋友每週三晚上都在一塊兒合奏室內樂，請你也來參加罷！」

為此許氏改投了作曲和音樂學。

我們年輕時代成為西洋古典樂迷，卻是基於「內在的需求」——對外界的失望而一心遁避到那個陌生的世界裡去的。

高分貝宣傳

「什麼紐約愛樂交響樂團嘛！言過其實，墮落了！」在音樂廳廊下遇到的樂友，抱怨票價之昂：「也許美國是強國吧？訂的價位自然要高一些，此外，還有別的理由嗎？」

當一切藝術表演形成一種商業的時候，物與值、供與需之間的關聯，即和一切商業販售等同，誠信和評價並不常能約束它們。

我聽過本地一場最昂貴的音樂會，是一張新台幣一萬三千元的票。

早在兩個月之前，我即在別一場音樂會的門廳遇到主催的經紀人——原是相熟的，他手抱著一大堆文件，匆匆跑過我身邊來。

「要送票給我嗎？」我調侃的說。

「哪兒話，搞不好得虧上幾千萬哩。」他塞過一張宣傳單來。

到了音樂會當天，我從別的朋友處獲贈兩張上述價位的票，才進到現場——一個露天的廣場；臨時用數萬朵玫瑰布置起來的音樂台子，用折疊鐵椅連成的觀眾席。以我的高票價位置前望，距離演唱者少說也還有一百碼之遙，亟目而望，難以分辨台上人的五官。實際上音樂會的視像，靠兩旁白幕上現場轉播的電視攝影；聲音是由麥克風和擴音喇叭傳輸，噫！高分貝宣傳的「跨世紀之音」！

醒之前

一隻空瓶罐裡插著幾葉已經乾涸的蕨植物———有些散落邊旁。陶瓷做成的鳥形，低著頭，好像從身周幾枚貝殼中，尋覓可以談話的對象一似⋯⋯

午後，在朋友半暗的工作場上，看到這樣的擺置——一切就擱在一張灰色調的方匣子上。這布置似乎拆去了一半，於是那構成的物件處於一種殘餘的情態，不知怎麼的，竟引起我特別的意味。

片晌以後，我確定這工作場中空無一人。

剛才我推開底樓厚重帶著強力彈簧的鐵門——像昔日一樣有人回應我的鈴聲，而揿開了電動鎖。我從那短短的兩道扶梯間，一邊輕咳著奔上去。朋友像似得了訊息，我略一旋動門把，門就敞開了……

他卻什麼時候隱開去，留下以上我述及的擺置。難道之中隱含什麼謎語？

側後一個玻璃帷幕隔開的小辦公室裡，電腦螢屏閃動，我走靠近去，並無一人在那裡，雖然看起來一切在頃刻之前，尚且勃勃而有生氣。

外間的工作場實際是一間小規制的攝影棚，此時通向街衢的唯一的一扇大窗，百葉簾子降下，垂直闔蓋它的葉子，室內並沒有足夠的光線。黑白雙面的遮板啦；高高低低強光燈具的腳架沿著牆壁堆放，我忽然自覺像幽靈般的飄浮在一間倉庫裡。

而且，我忘記自己前來的目的。

寂靜使我感到恐慌，如此貼近大馬路的二樓，此時正鬧的市聲何以傳不進來？

這時候，樓下厚重的鐵門彈開，復又砰然關閉，腳步聲拾級而上，我越來越拿不定主意；等候朋友來會，或者趁此逃走？

私路

　　在女陶藝家的山上作坊待了整個下午，看看外邊天色正美，她提議說：

　　「何不出去走走呢？順便揀點兒特別的枯枝回來，燒成灰，說不定還是上好的釉色呢。」

　　行了不久，我們五、六個人轉進一條瀝青鋪面的，約莫五米寬的道路，路頭地面上用紅漆寫著「私路」兩個大字，且有一條橫過的鐵鍊垂地，大約是阻擋私闖進來的車輛。

　　路開從山野裡過，兩旁樹木扶疏，夕陽灑下碎影，這一些吸引住我們，遂不顧「私路」的警告，打算見機行事。

　　果然只一個轉折便行至路底，全長不過五、六十米而已。

　　那盡頭路旁，置有一窟清水，錦鯉十數尾在水底游竄，其上──搭建在石級的高處，彷彿是一戶雅致的人家。

　　我們並不打算相擾，退返這條「私路」的中間段，席地而坐，將攜來的濃茶和乾果很放心的鋪排開來，因為既是私路，車輛必少。

　　抬頭仰看，某一株茄冬巨木的枝枒間，蜘蛛網反覆包裹，透過逆射的陽光，看見一窩蜂兒正坐以待斃；此刻因我們的零食，圍近的蟻隊開始向中心點聚集。我悉心觀察，忽覺我們是處於這樣一幅萬物競生的圖景中了。

病苦

在某醫學中心眼科候診的地方，見這不同現象的兩個眼疾患者：一個瞪大眼球（也許什麼也看不清楚吧？），一個卻低首閉目做無限痛苦狀。

凡生物的軀體，自出世以來便逐漸走向死滅，此事吾人知之甚稔。只不過軀體並非全部一次壞去，猶如汽車零件，在整體尚堪使用之時，即有部分零件逐個老化故障——它們個別的年限極不一致，得著修護與替換者，將湊合著整體再工作若干年。

以是，從有些易壞易朽的部分開始（個別體質當也有別），譬如牙齒、眼睛等等逐一壞起，直到最為主要的生命力氣的心臟衰竭。我們說，這人累了，應得到完全的休息，至此才不再醫治。

在此之前無不盡力挽救，在患者的方面卻是倒過來看待這一現象——只有某某部分有病，醫之，當能回復正常。因此而時時感到病的痛苦——它暫時不能與往昔一樣。可絕不去想：零件紛紛壞卻，以致死亡是一正常之態。

喬為眼科門診病人之一員，關於以上的事實我是頗有自知之明的。

喜劇櫥窗

　　每經過售賣寵物的店頭，我都會停住腳步，望著窗櫥裡陳列的那些像活標本似的小貓小狗，眼睛發直許久。那似幻又似真的籠子裡，時常上演你想像不到的喜劇。

　　這種成為活店招的窗櫥陳列真是展示商品的好主意！

　　那些千奇百怪的畜種，不知道什麼時候，打從世界各個角落進駐到我們這個島上，而且快速的繁殖起來了。即使對牠們毫無經驗的我，也不免欣喜的觀看，那肢體比例的奇特；毛皮花色的殊異，令人眼花撩亂。有好一陣子，我老是以為那是機械玩物的櫥窗呢。

　　燈光明耀的照亮那小小的住房，毛色鮮活，整潔無疵的貓犬們，在裡頭或食或睡；在彼此的身上爬來爬去──你知道動物幼小年代有多可愛？好像表演一天廿四小時的生活劇場，讓你不能不欽服業者的正點──吸引住嗜愛者戀戀不捨的眼光，而且誠實無欺，什麼都教你看個明白囉。

　　我立在窗櫥前畫牠們的同時，也畫下店裡那個女店員，因為她的Ｔ恤上，印著另一隻漂亮的狗。

AL 1997.1.23

寂寞都會

淡水捷運站的僻靜角落，忽然看到一行列的人坐在牆壁前面。大約等候著什麼，還有一段長時間吧，每個人都靜靜地枯守而顯出寂寞的樣子。

因了這樣的距離，我們並不能讀出他們臉顏的細部表情，區別只在於手足的開合、頭首的面向這一類肢體動作。整體而觀，他們彼此間的相似性彷彿超過了相異吧。

　　畫的時候會將他們視為結構成橫列的「個別單位」，而賦予整體的詮釋：「候車的人們」；或曰：「群體的孤獨」。至於雖則在同一時空下個別的人的不同，我們並不特於揣想與同情。

　　這在對待同類以外的生物更是一律如此──譬如我們從不分辨此一批蟻，與若干年所見的另一批蟻有何不同；這一群雀與別一群雀有何不同，總以等一距離觀看而無從感觸「身受」的體宗。

　　這也即「他類」有時被我們視為漠然，而淪為殺絕的原由。

感動的演出

寓居過日本，爾今在巴黎長住的畫伯C，看起來就像似一個受壓迫以致矮小的人。

大約二十幾年前他初返國在台北中山堂舉開油彩展的時候，我曾為他孤自一人賞鑑著自己作品的背影所感動，而攝影下來，並把沖晒出來的相片依址寄去，但這回再碰面時提起，C已全然忘卻。

「今天想來，自然應當感謝的啊──感謝那些曾在我生命中壓扁過我的人啊！」這回他心情很好笑呵呵的反諷起來。如今C畫業有成，聲譽和購藏者的熱烈，使他足以用別樣的眼光看待失志時代的自己了。

雖然早年留學日本進過美術學校，不知怎的並未像同儕那樣獲得大學美術系的穩定地位，反而長期的顛沛流離，在淡水河水門一帶開起貓、狗、鳥兒的小舖──在五、六〇年代尚未成養寵物的風氣，這行業不免猥瑣。但畫伯不改心志，以此養活而拚命畫下去。

終於有一次因為收養了一隻棄犬被人告發送往警局去。

在警察局留了不光彩的案底，說也說不清楚。拘留期間，一個據說是做了黃牛的婦女，抱著她涕哭的女嬰，與他同一囚室。

「出了拘所以後，以這個觀察的圖景畫了張油畫因而首度獲獎，好運從此伊始……。」同席，看起來木訥臉容的七十餘歲的C侃侃而談。

　「還是請您表演吹口琴吧！」席上有熟知畫伯年輕時代即有名的口琴吹奏，於是乎請求。

　　C做出倉皇失措的樣子，在身上東摸摸西摸摸，這才從襯衣領上變出一支小小口琴來，同桌皆驚嘆這個魔術。而我因為坐得緊貼畫伯，自始便看出他白衣領底下不自然的隆鼓著，已經懷疑甚久。不過為此而這麼不舒適的預藏著道具赴宴，只為逗人開心，這一舉動也讓我十分感動。

智慧田系列

智慧田 001

七宗罪　　　　◎黃碧雲　定價200元

　　懶惰、忿怒、好欲、饕餮、驕傲、貪婪、嫉妒，是人的心靈蒸發、肉身下墜，人對自己放棄，向命運屈膝，是故有罪。

　　黃碧雲的小說《七宗罪》在世紀末倒數之際，向我們標示人的位置，狂暴世界裡僥倖存活的溫柔……

南方朔、楊照、平路聯合推薦

中國時報開卷一周好書榜，聯合報讀書人每周新書金榜

智慧田 002

在我們的時代　　　　◎楊照　定價220元

　　懷著激情、充滿理想，凝聚挑戰和希望的此刻，擁有各種聲音、影像、事件、話題，記憶變得短暫，存在變得不連續。

　　正因爲在我們的時代，未來被夢想著，也被發現，更被創造。楊照觀點、感性理解，爲我們的時代，打造一扇幸福的窗口。

智慧田 003

時習易　　　　◎劉君祖　定價200元

　　時局這麼亂，李登輝總統的易經老師劉君祖在想些什麼？時習易，亂世中的解決之道、混沌中的清晰思維，用中國古老的智慧，看出時局變化，世界正在巨變，而我們不能一無所知！本書教我們找到亂世生存的智慧密碼。

智慧田 004

語言是我們的居所　　◎南方朔　定價250元

　　正因爲語言是我們無法逃避的現實和記憶，所以語言是我們的居所。這是一本豐富之書，書中有大量並可貴的知識；這是一本有趣之書，書中有鮮活的事例與源流典故；這是一本詩意之書，智慧照耀了人性幽微之處；這是一本炫耀之書，因爲閱讀的確讓我們和別人不同。

◎誠品書店推薦誠品選書

智慧田 005

突然我記起你的臉　　◎黃碧雲　定價180元

　　《突然我記起你的臉》收錄黃碧雲小說五篇，情思堅密，意味則撼人心肝愀然。在生命裡，總有一些時刻敎我們思之淚下，或者泫然欲泣，就像突然記起一個人的臉、一個荒熱的午後……

◎聯合報讀書人每周新書金榜

中國時報開卷一周好書榜

智慧田 006

星星還沒出來的夜晚　◎米謝・勒繆　定價220元

　　星星還沒出來的夜晚，我們有了如浪一般的感傷。我是誰？從何而來？向何處去？一場發生在暴風雨後的哲學之旅，神奇的開啓你思想的寶庫。獻給所有的大人和小孩；所有深信幽默感和想像力，永遠不會從生命中消失的人⋯⋯

榮獲1997年波隆那最佳書籍大獎

小野・余德慧・侯文詠・郝廣才・劉克襄溫柔推薦

智慧田 007

世紀末抒情　　　　◎南方朔　定價220元

　　二十世紀末，下一個千禧年即將到來，恍若晚霞中的節慶，在主體凋零的年代中，我們更應該成為，擁有愛和感受力的美學家。這裡所分享的，是如何跨過挫折和焦慮，讓荒旱的心田，迎向抒情、感性與優雅，和下一個世紀清涼的新雨。

智慧田 008

知識分子的炫麗黃昏　◎楊照　定價220元

　　終究在歷史的狂濤駭浪中，改變性格、改變位置；年少的靈魂不再嚮往召喚改革者巨大的光芒，靈魂遞嬗、踏雪疾走，經過矛盾的告別，經過對世界的厲聲吶喊，縱然身處邊緣，知識分子仍然情操不滅，心意未死！

智慧田 009

童女之舞　　　　　◎曹麗娟　定價160元

　　當年白衣黑裙的鈴璫笑聲，十六歲女孩的熱與光，當年被父親亂棒斥逐，無所掩藏，無所遁逃的洪荒情慾。曹麗娟十五年來第一本短篇小說，教你發燙狂舞！愛情在苦難中得以繼續感人至深！

李昂、張小虹等名家聯合真誠推薦

智慧田 010

情慾微物論　　　　◎張小虹　定價220元

　　從電子花車到針孔攝影機，台灣人愛看；從飆車到國會打架，台灣人愛拼。呈現台灣情慾文化的眾生百態，是文化研究與通俗議題結合的漂亮出擊，革命尚未成功，情慾無所不在！

◎聯合報讀書人每周新書金榜

中國時報開卷一周好書榜

智慧田系列

語言是我們的星圖　◎南方朔　定價250元

　　語言可以說成許多譬喻：它是人的居所、是鐫刻著故事的寓言書；也可以視爲一張地圖，或標示思想天空的星圖。

　　我們走過的、我們知道的，以及我們還不知道的，都在其中。而我們自己就是那個繪圖的人。但願被繪的星圖能精確的反映出星光燦爛，而不是心靈宇航時會迷途的惡劣天空。

中國時報開卷版一周好書榜

烈女圖　　　　◎黃碧雲　定價250元

　　從一種世紀初的殘酷，到世紀末的狂歡，香港女子的百年故事，一切都指向孤寂，和空無，不論是重於泰山，或輕於鴻毛，也許是一個被賣出家門，再憑一把手槍出走的童養媳；也許是一個成衣工廠車衣，償還父親賭債的女工；也許是一個恣意遊走在諸男子間的女大學生；烈女無族無譜，是以黃碧雲寫下這本《烈女圖》，宛若世界的惡意之下，女人的命運之書。

中國時報開卷版1999年度十大好書！

我一個人記住就好　◎許悔之　定價200元

　　《我一個人記住就好》收一九九三年後創作的散文於一帙，主題多圍繞悲傷、死亡、欲望、人身溫柔和不忍難捨。彷若月之亮與暗面，柔光和闃暗相互浸染。以考究雅緻的文字書寫面對世界惡意的莫名恐懼，還有目擊無常迅速間，瞬間美好的戰慄。

二十首情詩與絕望的歌　◎聶魯達/詩　李宗榮/譯
◎紅膠囊/圖　定價200元

　　這本詩集記錄了一個天才而早熟的詩人，對愛情的追求與情欲的渴求，悲痛而獨白的語調，記錄了他與兩個年輕女孩的愛戀回憶，近乎感官而情欲的描寫，全書將智利原始自然景致如海、山巒、星宿，風雨等比喻成女性的肉體。本書寫就於聶魯達最年輕而原創時期，可視爲他一生作品的源頭，也是瞭解他浪漫與愛意濃烈的龐大詩作的鑰匙。

中國時報開卷版一周好書榜

有光的所在　　◎南方朔　定價220元

　　《有光的所在》抒發良善的人性質感，擺脫批判與譴伐，吶喊與喧囂，回歸生活中最重要的人品鍛鍊。當世界變得越來越無法想像，唯有謙卑、自尊、勇敢、不忍這些私德與公德的培養，才會讓我們免於恐懼，進而成爲自我能量的發光體。

獲明日報讀者網路票選十大好書，誠品2000年Top 100

中國時報開卷版一周好書榜

智慧田 016

末日早晨 ◎張惠菁 定價220元

《末日早晨》以身心病症為創作座標,當都會生活的焦慮移植在胃部、眼神、子宮、大腦、皮膚、血管,我們的器官猶如被我們自身背叛了,於是抵抗一成不變的思考窠臼,張惠菁的《末日早晨》於焉誕生。拿下時報文學小說獎的「蛾」、台北文學獎的「哭渦」盡收本書。**文學評論家 王德威先生專文推薦**
　　中國時報開卷版一周好書榜。聯合報讀書人每周新書金榜

智慧田 017

從今而後 ◎鍾文音 定價220元

《從今而後》書寫一介女子的情愛轉折,繁複而細膩的書寫,烘托出愛情行走的荒涼路徑,全書時而悲傷、時而愉悅,不斷纏繞在戀人間的問答承諾,把我們帶進一個看似絕望,卻仍保有一線光亮的境地,從今而後浪跡的情愛,有了終究的歸屬。
　　中國時報開卷版一周好書榜

智慧田 018

媚行者 ◎黃碧雲 定價220元

《媚行者》寫自由、戰爭、受傷、痛楚、失去和存在、破碎與完整。失憶者尋找遺忘的自身,過往歷歷無從安頓現刻;飛行員失去左腳,生之幻痛長久而完全,生命仍如常繼續;革命分子,張狂自由接近毀滅……當細小而微弱的肉身之軀,搏鬥著靈魂存在的慾望、愉悅,命運枷鎖成了最永遠而持續的對抗。

智慧田 019

有鹿哀愁 ◎許悔之 定價200元

詩人呈現給我們的感官美學,從初稿,二稿、三稿,乃至定篇成詩的編排裡,讀出詩人對神思幻化的演繹過程,也映照我們內在悲喜而即而離的心思。把詩裝置起來,竟見到詩人在世事的每一個角落裡,吟謳細緻的溫柔,如此情思動人。**詩人楊牧專序推薦**

智慧田 020

剎那之眼 ◎張 讓 定價200元

《剎那之眼》持續張讓一向微觀與天問的風格,篇幅或長短或輕重,節奏情調不一,有高濃度的散文詩,有鋒利的詰問,有痛切的抒情,也有戲謔的諷刺,而不論白描或萃取,都單鋒直入,把握本質。
　　獲2000年中國時報開卷十大好書獎

智慧田系列

智慧田 021

語言是我們的海洋　◎南方朔　定價250元

　　南方朔先生的「語言之書」已經堂堂邁入第三冊，在浩瀚廣闊的語言大洋中，他把「語言」的面貌提出宏觀性的探討，我們身邊所熟知的流行語、口頭禪：「小氣鬼」、「耍帥」、「格格」、「落跑」、「象牙塔」、「斯文」等等，南方朔先生亦抽絲剝繭、上下古今，道出語言豐碩的歷史與文化價值。

獲聯合報讀書人2000年最佳書獎

智慧田 022

鯨少年　◎蔡逸君　定價200元

　　《鯨少年》創想於九六年，靈感來自一份零售報紙的贈品，一一張錄製鯨群歌唱的CD。小說細細密密鋪排出鯨群的想望與呼息，在大洋中的掙扎搏鬥、情愛發生，書寫者時而以詩歌描繪出鯨群廣闊嘹亮的豐富生氣，時而以文字場景領我們墜入了寂寞的想像之島，如今作品完成鯨群遠走，人的心也跟著釋放，一切在艱難之後，安靜而堅定。

聯合報讀書人每周新書金榜

智慧田 023

想念　◎愛亞　定價190元

　　《想念》透過時間的刻痕，在文字裡搜尋及嗅聞著一點點懷舊的溫度，暖和而溫馨，寫少年懵懂，白衣黑裙的歲月往事；寫「跑台北」的時髦娛樂，乘坐兩元五毛錢的公路局，怎樣穿梭重慶南路的書海、中華路的戲鞋、萬華龍山寺、延平北路……在緩慢悠然的訴說中，我們好像飛行在昏黃的記憶裡，慢慢想念起自己的曾經……

智慧田 024

秋涼出走　◎愛亞　定價200元

　　《秋涼出走》，原刊登於中國時報人間副刊「三少四壯集」專欄，內容雖環繞旅行情事種種，但更多部分道出人與人因有所出走移動，繼而產生情感，不論物件輕重與行旅遠近，即使小至草木涼風、街巷陽光、路旁過客，經由緩慢閒適的觀看，身心視野依然會有意想不到的豐富體會。

聯合報讀書人每周新書金榜

智慧田 025

疾病的隱喻　蘇珊・桑塔格◎著　刁筱華◎譯　定價220元

　　翻開疾病的歷史，我們發現疾病被眾多隱喻所糾纏，隱喻讓疾病本身得到了被理解的鑰匙，卻也對疾病產生了誤解、偏見、歧視，病人連帶成為歧視下的受害者。蘇珊・桑塔格讓我們脫離對疾病的幻想，還原結核病、癌症、愛滋病的真實面貌，使我們展開對疾病的另一種思考。

聯合報讀書人每周新書金榜。中國時報開卷一周好書榜。

智慧田系列

智慧田 026

閉上眼睛數到10　　◎張惠菁　定價200元

　　張惠菁在時間與空間的境域裡，敏銳觸摸各種生活細節。在這些日常事件裡，發生了種種人與人之間的關係。關係中充斥著隱喻，在其中我們摸索人我邊界。《閉上眼睛數到10》寫在一個關係中與位置同時變得輕盈的年代。

中國時報開卷一周好書榜。聯合報讀書人每周新書金榜。

智慧田 027

昨日重現—物件和影像的家族史 ◎鍾文音　定價250元

　　是一杯茶的味道，勾起了多少往事的生動形象；是一盞燈的昏黃，讓影像有了過往的生命；是一個背影，使荒涼的情感哭出了聲音；是一件衣裳，將記憶縫補在夢中一遍又一遍；是家族的枝枝葉葉、血液脈動交織出命運的似水年華……鍾文音以物件和影像紀錄家族之原的生命凝結。

聯合報讀書人每周新書金榜。
中國時報開卷一周好書，誠品書店誠品選書

智慧田 028

最美麗的時候　　　◎劉克襄　定價220元

　　《最美麗的時候》為劉克襄十年來之精心結集。打開這本詩集，你發現詩句和葉子、種子、鳥類、哺乳動物、古道路線圖融合在一起。隨著詩和畫我們彷彿也翻越了山巔、渡過河川，一同和詩人飛翔在天空，泅泳在溫暖的海域，生命裡的豐饒與眷戀，透過詩集我們被深深地撞擊著。

智慧田 029

無愛紀　　　　　　◎黃碧雲　定價250元

　　人為什麼要有感情，而感情又是那麼的糾纏不清。在這無法解開的夾纏當中，每個人都不由自主。無愛紀無所缺失、無所希冀、幾乎無所憶、模稜兩可、甚麼都可以。本書收錄黃碧雲最新三個中篇小說「無愛紀」與「桃花紅」、「七月流火」，難得一見的炫麗文字，書寫感情生命的定靜狂暴。

智慧田 030

在語言的天空下　　◎南方朔　定價250元

　　「語言不只是音與字，而是字與音的無限串聯，所堆疊起來的天空，它罩在我們的頭頂上，遮蔽了光。」《在語言的天空下》解除這遮蔽的重量，南方朔先生一個字、一個字去考據，他探究字辭間的包袱，敲敲打打，就像一位白頭學者，或是田野考古家，將語言拆除、重建，企圖尋找埋在語言文字墳塚裡即將消失的意義。

── 智慧田系列 ──

智慧田 031

活得像一句廢話　　　◎張惠菁　定價160元

　　如果你想要當上五分鐘的主角；如果你貪婪得想要雙份的陽光；如果你想向全世界索討注意，索取祝福；如果你只想擁有一種香水，卻不是那些促銷中的香氣；你想知道超級方便的孝順方法；你想要一個感覺強度超乎十倍以上的顫抖欲望；你想要大聲說這個遜那個炫；你想和時間要賴……請看這本書。

智慧田 032

空間流　　　◎張讓　定價180元

　　如果能駕時光機器回到過去，你願意回到哪個時代？如果這裡和那裡之間，你已在桃花源內，還是愈來愈遠？《空間流》寫我們走路的地方，寫生活和想像中的空間，門窗、牆壁亮影、道路、人文和自然交互更迭的繁華與敗落。在理性的洞察之中，滲透著漸離漸遠的時光之味，在冷靜的書寫，深刻反思我們身居所在的記憶與情感。

智慧田 033

過去──關於時間流逝的故事　　　◎鍾文音　定價250元

　　《過去》短篇小說集收錄鍾文音1998至2001兩年半之間的創作。拉開「時間」這方幕簾，悄然窺視著人的情慾張力遊蕩、牽引、邂逅在時間之河中。作者輕吐靈魂眠夢的細絲，織就了荒蕪、孤獨、寂寞與死亡，解放我們內心深處的風風雨雨；以南柯一夢甦醒之姿訴說，過去仍然存在，只是必須告別，無論青春、愚癡……

智慧田 034

給自己一首詩　　　◎南方朔　定價250元

　　《給自己一首詩》為〈文訊〉雜誌公佈十大最受歡迎的專欄之一，透過南方朔豐富的讀詩筆記，在字裡行間的解讀中，詩成為心靈的玫瑰花床，讓我們遺忘痛楚，帶來更多光明，尤其經由多種詩貌的廣博引介，開啟了我們新的感受能力及思考向度，洗滌思想脫離困頓貧乏。詩，不再無用！它將我們一切的記憶與想像從此變得非同凡響。

購書方式

郵政劃撥　帳戶：知己實業股份有限公司　　帳號：15060393
在通信欄中填明叢書編號、書名、定價及總金額即可。
購買2本以上9折優待，10本以上8折優待。訂購3本以下如需掛號請另付掛號費30元
服務專線：04-23595819 ext 231　傳真：04-23597123
e-mail：itmt@ms55.hinet.net
大田出版有限公司編輯部　感謝您

國家圖書館出版品預行編目資料

西張東望／雷驤著.－－初版.－－臺北市：大
田，民90
　面；　公分.－－（智慧田；035）
ISBN 957-455-079-6(平裝)

855　　　　　　　　　　　　　　90017117

智慧田 035

西張東望

作者：雷驤
發行人：吳怡芬
出版者：大田出版有限公司
台北市106羅斯福路二段79號4樓之9
E-mail:titan3@ms22.hinet.net
http://www.morning-star.com.tw
編輯部專線（02）23696315
傳眞（02）23691275
【如果您對本書或本出版公司有任何意見，歡迎來電】
行政院新聞局版台業字第397號
法律顧問：甘龍強律師

總編輯：莊培園
主編：蔡鳳儀
企劃：蔡雅雯
校對：陳佩伶/耿立予/蘇淸霖

印刷：耀隆印刷事業股份有限公司
製作：知文企業（股）公司　TEL:(04)23581803
初版：二○○一年（民90）十一月三十日
定價：200 元

總經銷：知己實業股份有限公司
（台北公司）台北市106羅斯福路二段79號4樓之9
TEL:(02)23672044．23672047　FAX:(02)23635741
郵政劃撥：15060393
（台中公司）台中市407工業30路1號
TEL:(04)23595819　FAX:(04)23595493

國際書碼：ISBN 957-455-079-6 / CIP: 855 / 90017117
Printed in Taiwan

大田出版有限公司　編輯部收

地址：台北市106羅斯福路二段79號4樓之9

電話：（02）23696315-6　傳眞：（02）23691275

E-mail：titan3＠ms22.hinet.net

地址：

姓名：

閱讀是享樂的原貌，閱讀是隨時隨地可以展開的精神冒險。

因為你發現了這本書，所以你閱讀了。我們相信你，肯定有許多想法、感受！

讀 者 回 函

你可能是各種年齡、各種職業、各種學校、各種收入的代表，

這些社會身分雖然不重要，但是，我們希望在下一本書中也能找到你。

名字／_____　性別／□女 □男　出生／____ 年 ____ 月 ____ 日

教育程度／_____

職業：□ 學生　　　□ 教師　　　□ 內勤職員　□ 家庭主婦

　　　□ SOHO族　　□ 企業主管　□ 服務業　　□ 製造業

　　　□ 醫藥護理　□ 軍警　　　□ 資訊業　　□ 銷售業務

　　　□ 其他 _____

E-mail/ _____　電話/ _____

聯絡地址：_____

你如何發現這本書的？　　　　　　書名：西張東望

□書店閒逛時 _____ 書店 □不小心翻到報紙廣告（哪一份報？）_____

□朋友的男朋友（女朋友）灑狗血推薦 □聽到DJ在介紹 _____

□其他各種可能性，是編輯沒想到的 _____

你或許常常愛上新的咖啡廣告、新的偶像明星、新的衣服、新的香水……

但是，你怎麼愛上一本新書的？

□我覺得還滿便宜的啦！ □我被內容感動 □我對本書作者的作品有蒐集癖

□我最喜歡有贈品的書 □老實講「貴出版社」的整體包裝還滿 High 的 □以上皆

非 □可能還有其他說法，請告訴我們你的說法

_____

你一定有不同凡響的閱讀嗜好，請告訴我們：

□ 哲學　　□ 心理學　□ 宗教　　□ 自然生態　□ 流行趨勢　□ 醫療保健

□ 財經企管　□ 史地　□ 傳記　　□ 文學　　　□ 散文　　　□ 原住民

□ 小說　　□ 親子叢書　□ 休閒旅遊□ 其他 _____

一切的對談，都希望能夠彼此了解，否則溝通便無意義。

當然，如果你不把意見寄回來，我們也沒「轍」！

但是，都已經這樣掏心掏肺了，你還在猶豫什麼呢？

請說出對本書的其他意見： _____

_____

大田出版有限公司編輯部 感謝您！